LES NUITS DU CŒUR

Des mêmes autrices

Épistolaires

Nos lettres d'amour, 2021
À tes jours silencieux, 2023
Une pluie d'adieux, 2024

Recueils

Les Saisons de mon cœur, Robert Laffont, 2023
Le monde est un poème, 2024

LÉA JEUNESSE
CÉLIA SAÏPH

LES NUITS DU CŒUR

Illustrations de Marguerite Courtieu

Robert Laffont

ISBN 978-2-221-28008-9
Dépôt légal : mars 2025
Éditions Robert Laffont – 92, avenue de France, 75013 Paris
info@lisez.com

À tous ceux qui connaissent des jours de solitude
et rêvent de nuits sans fantômes.

« Même la nuit la plus sombre prendra fin et le soleil se lèvera. »

Victor Hugo

Préambule

Avez-vous déjà rêvé de refaire le monde avec un inconnu ?

Imaginez-vous,
une soirée de solitude,
un ciel sans étoiles,
un cœur à la dérive,
un trop-plein qui ne demande qu'à hurler.

Vous marchez dehors, vous vous arrêtez dans une plaine, un endroit bétonné ou sur une plage. Vous vous asseyez, vous levez la tête et vous cherchez les astres disparus.

Vous avez des milliers de mots sur le bout des lèvres,
mais aucune oreille pour les entendre.

Imaginez-vous,
une de ces nuits où le cœur déborde,
une de ces nuits où le cœur sanglote,
une de ces nuits où le cœur tremble,
une de ces nuits où le cœur implose.

Parce que les doutes s'épuisent à chercher le repos
et que les blessures semblent ne jamais guérir.

Avez-vous déjà rêvé d'une rencontre bouleversante ?

Vous avez l'esprit rempli de peurs, de souhaits,
et vous vous perdez parmi leur vacarme.

Imaginez-vous,
une deuxième âme,
aussi esseulée que la vôtre,
aussi vagabonde,
aussi *brisée.*

Et s'il suffisait d'une discussion nocturne pour apaiser votre monde en pleine tempête ?

Imaginez,
votre solitude qui n'est plus absolue,
votre peine qui s'exprime,
vos pensées qui se délivrent enfin.

Imaginez-vous,
deux cœurs naufragés qui se croisent,
se comprennent et se reconnaissent,
pour affronter les fantômes qui hantent leurs nuits.

Sommaire

rencontre sous les étoiles

Il n'y a pas d'étoiles ce soir.

Elles avaient peut-être rendez-vous avec le soleil.

Cela fait longtemps que je ne l'ai pas rencontré, le soleil.
Lui aussi déserte mon ciel en ce moment.

Les absents font trop de bruit.

Parfois, le froid de leur départ m'assourdit.

Il m'engourdit le cœur
et je ne sais même plus comment il bat.

Je suis frigorifié par les dos tournés,
les échos sans réponses
et les mains lâchées.

Je deviens glaçon, lorsqu'ils s'en vont,
et je ne fonds jamais car c'était eux, le soleil.

Tous leurs pas au loin résonnent bien trop souvent
et ils me fissurent,
encore et encore,
mais sans jamais me briser.

À cause d'eux,
je suis une éternelle fêlure qui ne cicatrise jamais,
la blessure à jamais ouverte de leur absence trop bruyante.

Et pourtant, d'autres fois, comme cette nuit,
ce sont leurs silences qui m'étouffent,
leurs regards que je ne croise plus,
leurs voix que je n'entends plus,
leurs rires qui ne s'élèvent plus.

Ce soir, tout en moi est muet,
comme le ciel l'est des astres disparus.

Quand les étoiles reviendront-elles ?

Demain, dans dix jours, dans quinze mois ? *Jamais ?*

Peut-être suffit-il d'appuyer sur un interrupteur, quelque part, pour les rallumer.

Peut-être que les étoiles se dévoileront quand l'espoir le fera.

Mais où est l'espoir ? J'ai l'impression que les absents se sont tous réunis dans un coin et qu'ils se sont endormis.

Ils disent que l'espoir est dans chaque seconde qui s'écoule,
qu'il se dessine dans chaque visage que l'on rencontre,
dans chaque nouveau cœur que l'on aime,
sans se douter que le futur nous terrifie,
et aimer, encore plus.

Ils disent qu'il réside au creux des vagues qui apportent des bonnes nouvelles et de celles qui se retirent avec les mauvaises.

Ils disent qu'il se cache dans les fleurs qui promettent de renaître à la saison d'après, dans les feuilles qui tombent en automne et qui finiront, elles aussi, par disparaître.

Ils disent que l'espoir s'éveille et s'endort, comme nous.

Ils disent qu'il marche à mes côtés mais que lorsqu'il ose entremêler ses doigts aux miens, c'est moi qui lui lâche la main. Que je devrais arrêter de me battre contre lui, car être en guerre avec l'espoir, c'est se battre contre soi-même.

Ils lui donnent des centaines de formes,
mille et une teintes,
du brillant au terne,
du clair au sombre,
et pourtant, qu'importe ce qu'ils disent,
l'espoir, je ne le trouve pas.

Peut-être qu'il est partout et qu'on est seulement incapable de le voir… Alors, comment ouvre-t-on les yeux ?

Et si nos yeux sont déjà grands ouverts ?

Peut-être que l'on regarde dans la mauvaise direction.

Peut-être qu'on s'obstine à ne voir qu'un ciel dépourvu d'étoiles et qu'on s'inquiète pour rien, parce qu'on sait très bien qu'elles sont cachées derrière les nuages. On sait qu'elles reviendront demain, la nuit suivante, qu'elles ne nous ont pas abandonnés, qu'elles sont les seules à ne jamais le faire.

Peut-être qu'elles flirtent avec la lune en secret,
qu'elles se font discrètes car trop de monde les regarde.

Peut-être qu'elles aiment nous faire regarder ailleurs,
parce que l'espoir ne vient pas que du ciel.

Nous, on voit seulement les nuages,
comme s'il n'y avait qu'eux au-dessus de nos têtes.

Peut-être faut-il souffler sur eux ?

Et si derrière, il n'y a encore qu'un ciel noir ?

Alors, on dessinera des étoiles.

Tu le ferais avec moi ?
Peindre des bras aux étoiles,
illuminer leurs yeux et tracer des sourires ?

Est-ce que tu sculpterais à mes côtés de nouvelles planètes pour oublier celles qui se sont trop éloignées pour nous prendre dans leurs bras ?

Tu le ferais avec moi ?

Réinventer notre voûte céleste
pour oublier celle qui nous a abandonnés ?

Peut-être.

Il y a des cœurs qui méritent un autre univers, une nouvelle chance, un endroit où recommencer leur vie. Penses-tu que sur ces nouvelles planètes, respirer serait moins difficile ?

J'en suis certain.

Ça me donne envie de vivre là-bas.

Puisqu'on en parle, quelle est ta planète préférée ?

Pluton.

Pourquoi ?

Des gens ont déclaré que Pluton ressemblait à des tas d'autres planètes et qu'elle ne méritait pas d'avoir sa place dans le Système solaire.

Il faut être différent pour marquer, pour être important.

La trouvant trop petite, ils ont choisi de la pousser, de l'exclure, du jour au lendemain, comme ça.

J'ai l'impression d'être le Pluton des autres.

Toujours celle que l'on met dans un coin,
que l'on ignore, qui n'est pas comme il le faudrait.
Pas assez grande, toujours de trop.

C'est contradictoire, hein ?

Je ne suis pas convenablement atypique ou dissemblable de la foule, alors on a décrété que je n'étais pas assez bien. Et quand on parle du monde, on parle forcément de moi, juste pour rappeler que je n'existe plus vraiment.

Je suis certain qu'ils ne connaissent pas tout de toi.

Et toi, quelle est ta planète préférée ?

Neptune.

La plus lointaine, hostile et secrète.

On parle de toi pour te rejeter,
moi, on ne sait pas qui je suis.

On m'observe de loin, avec des peurs qui débordent des yeux mais qui ne dépassent jamais les lèvres.

Peut-être mes anneaux invisibles
vont-ils écorcher leur âme.

Peut-être craignent-ils de fêler leur cœur
sous mes pluies de diamants.

Peut-être ma couleur et ma taille les intriguent-elles trop.

On imagine de moi mes vents violents,
on est terrifié par mes tempêtes,
apeuré par mes mystères.

Si tu es le Pluton des autres,
moi, je suis leur Neptune.

L'astre esseulé qui dérive en peine toute son existence.

Est-ce que tu penses qu'un jour Pluton et Neptune pourront se rencontrer ?

Peut-être qu'on le fait déjà à leur place.

Les étoiles, les planètes, les nuages, tu aimes le ciel, pas vrai ?

Alors, si tu devais inventer un nouvel astre,
quel serait son nom, son histoire ?

Je crois que je réinventerais une nouvelle planète Terre.

Pour que tout le monde s'y sente à sa place.

Pour que personne n'ait peur.

Pour que les fleurs s'épanouissent et nous à leurs côtés.

Je ne sais pas comment je l'appellerais.

Peut-être la planète aux Quatre Lunes.

Pour que les plus solitaires d'entre nous n'aient pas à se battre pour l'unique que nous avons ici et qu'ils se sentent quatre fois moins seuls.

Quatre Lunes, ça me plaît.

Mais j'ai tendance à croire que les personnes qui sont amoureuses de la lune sont celles qui souffrent le plus.

Alors, ajouter trois lunes signifiera peut-être des milliers d'admirateurs au cœur fragile en plus.

Qu'est-ce que cette Terre aurait de meilleur ?

Je crois que ma première valeur, et la plus importante, serait la justice. *Au diable la cruauté et la malveillance de notre monde.*

Dans le mien, les cœurs ne pleureraient pas les inégalités qui les font chavirer ici.

L'injustice ne frapperait aucune âme, et la répression serait pourchassée. On lui jetterait des cailloux, on lui hurlerait dessus sans jamais craindre que nos cris nous condamnent à notre tour.

Dans ma planète aux Quatre Lunes, personne ne sangloterait les promesses légères qui s'envolent à peine les lèvres franchies.

L'utopie m'emporte peut-être mais sur ma Terre, la confiance et la justice ne seraient plus salies par des mains corrompues.

Est-ce que tu penses pouvoir interdire les guerres et bannir la souffrance ?

Ce monde-là est bousillé par les larmes et le sang,
cette planète aux Quatre Lunes mérite beaucoup mieux.

Davantage d'étoiles et moins de monstres.

Crois-tu qu'un monde sans souffrance puisse exister quelque part ? Ne dit-on pas qu'il faut de la peine pour connaître la joie ?

Qu'il faut pleurer pour apprécier chaque sourire,
et frissonner pour aimer les rayons du soleil ?

Que les larmes trouvent leur raison de mourir lorsque la douceur vient leur faire de l'ombre, et que, sans tristesse, le bonheur deviendrait une pâle copie de l'insignifiance ?

Certes… Mais cet univers mérite un monde sans souffrance.
Sans peine. Sans averses.

Quelle serait la première chose que tu ferais dans ce monde ?

Je crierais jusqu'à ne plus pouvoir le faire.

Je grimperais dans le premier avion pour rejoindre je ne sais quelle destination, j'irais sûrement là où je ne suis jamais allée.

Je découvrirais des merveilles, je marcherais sans craindre de me faire mal ou d'avoir peur.

Je ferais des tas de rencontres sans m'écorcher le cœur,
je parlerais à des inconnus et les souvenirs seraient doux.

Les départs ne me déchireraient pas en deux, les larmes seraient joyeuses et respirer ne serait plus jamais douloureux.
Je ferais tout ce qui m'a toujours terrifiée ou fait du mal.

Alors peut-être que je tomberais amoureuse.

les fantômes du cœur

Une étoile est venue nous voir.

Si seulement les personnes pouvaient revenir aussi facilement.

Mais parfois, il vaut mieux qu'ils ne reviennent pas.

Pourtant, souvent, il le faudrait.

Au moins pour avoir des explications quant à leur départ, ou pour obtenir des réponses à ces questions qui nous secouent depuis trop longtemps.

Pour comprendre, pour guérir, pour avancer.

Parce qu'on les regarde s'en aller et s'ensuit un grand fracas, ou pire encore, on ne les entend pas partir et le silence les remplace.

Tu as déjà vécu avec des fantômes ?

C'est affreux.

Tu les vois partout, tout le temps, et tu dois t'y habituer.

Personne ne devrait s'habituer à vivre avec des souvenirs et des absences.

On mérite des réponses qui apportent la paix,
des réponses qui libèrent pour partir à son tour.

Mais peut-être y a-t-il toujours quelqu'un qui s'en va
et quelqu'un qui doit rester.

Tu es lequel, toi ?

Je crois que je n'ai abandonné personne. Peu importent les fêlures ou les larmes, je me suis battue. Encore et encore, jusqu'à ne plus avoir de souffle.

Parce que je m'accroche,
je recolle les morceaux,
je garde espoir…

Et je me retrouve seule à recoudre les fissures que les départs des autres me laissent. *Leurs absences me déchirent.* Certaines brûlent fort et résonnent trop. Je ne sais pas comment m'en débarrasser, est-ce seulement possible ?

Si l'absence des étoiles est douloureuse ce soir, celle des êtres chers, *partis*, l'est mille fois plus. Elle me condamne à errer avec un vide béant que personne ne comble jamais.

C'est épuisant, de vivre avec des trous dans le cœur.

Un jour, je suis parti parce qu'il était trop difficile de rester.

Tu sais que ça demande du courage, de s'en aller ?

On abandonne l'amour,
on creuse sa tombe
et on enterre soi-même son cœur à ses côtés.

On se sent coupable des larmes de l'autre,
tandis que les nôtres nous brûlent les paupières.

On ne sait pas où s'en aller ni où s'arrêter. Et une fois qu'on y arrive, il faut aussi se retenir pour ne pas faire demi-tour et courir dans les bras de ce qu'on a laissé derrière.

Pour moi, *revenir*, peu importe à quel point je le voulais, c'était retourner marcher sur les débris des cœurs que j'avais brisés, y compris le mien.

Revenir, c'était rouvrir les plaies et verser des lacs de sang de notre histoire terminée.

Parfois, il n'y a plus d'explications et aucun mot ne réparera la douleur.

Alors, il faut ramasser ses affaires, le cœur lourd, ses espoirs éteints, et s'en aller.

Il faut du courage pour oser s'avouer que *Oui, nos cœurs s'écorchent trop à se côtoyer et que je ne peux plus rester.*

Il m'est arrivé, une seule fois, de partir. Et depuis, ils partent tous, un à un, sans jamais se retourner. Comme si le monde voulait me faire regretter à vie l'erreur d'un jour.

Tu as des regrets, toi ?

Mon cœur préfère les remords.

Je crains de passer le reste de ma vie à me demander ce qu'il aurait pu se passer si j'avais fait *ci* ou si j'avais dit *ça.*

Alors, j'écris les mots qui font mal,
j'envoie les regards qui perturbent,
et j'encaisse tout ce que cela suscite :
la déception, la joie, l'incompréhension.

Ça m'angoisse de me torturer en imaginant tout ce que j'aurais pu changer si j'étais restée de marbre.

Si je peux quitter un océan de tourments, je ne suis pas de ceux qui choisissent d'y rester par peur de ce que je vais trouver après. Tout vaut mieux que de nager sans s'arrêter, parce qu'on finit toujours par se fatiguer, puis par sombrer.

Les remords me terrifient.

Et si j'agis mal et que je m'en veux tout le reste de ma vie ?

Et si je ne peux plus revenir en arrière ?

Tu ne les regrettes jamais ?

Ça m'arrive, parfois. Mais je me rassure et me souviens que je ne suis jamais restée silencieuse face à une situation ou face à une personne et que je n'ai pas eu à regretter d'avoir agi. Qu'importe si ça s'est révélé pire que de ne rien faire. Si je ne le fais pas, je passerai mon temps à me rejouer le film à base de *et si*. Je déteste ça.

Les *et si* sont tout ce qu'il me reste des rêves. Ils sont mes échappatoires et m'aident à respirer lorsque ma réalité est trop lourde. Ils me réconfortent, m'emmènent nager dans d'autres mondes et, à leurs côtés, je suis léger. Si léger.

Je crois que les regrets transforment les personnes en fantômes. Tu en as beaucoup, des fantômes ?

Je suis mon propre fantôme.

Je me hante moi-même et chaque seconde qui passe,
je rends ma vie un peu plus pâle.

La tristesse déteint sur les couleurs,
elles se délavent et s'estompent.

Comment les rendre plus vives ?

Comment cesser d'errer dans les rues désertes,
comment déménager vers les villes peuplées de vitalité ?

Si je suis mon propre fantôme, je deviens aussi celui des autres. Une illusion qui fait miroiter ce qu'ils veulent croire, sans qu'ils sachent jamais qui je suis vraiment.

Est-ce que toi non plus, personne ne sait qui tu es ?

J'ai trop souvent l'impression que personne ne me connaît, pas même moi.

Qui suis-je ?

Où est ma place ?

Qui vais-je devenir ?

Je ne veux pas rester un fantôme toute mon existence.

Je ne veux plus être le spectre qui ne marque pas leur vie,
le visage qui n'arrête jamais un regard,
la personne transparente sur laquelle on ne s'attarde jamais.

Ça me terrifie, d'être oublié.

Moi, *je ne suis pas le fantôme de mes fantômes.*

Je sais que lorsque je quitte un monde – lorsqu'on me pousse à partir – mon prénom est destiné à s'effacer. À être remplacé.

Je ne sais pas si les étoiles dans mes yeux sont trop communes ou si ma joie de vivre n'est pas assez colorée pour déteindre sur ceux qui m'entourent, mais… *Je ne suis pas inoubliable.*

J'aurais aimé l'être au moins une fois, marquer un cœur, frôler une âme de si près qu'elle ne se remettrait pas de l'absence de la mienne.

C'est peut-être égoïste, de vouloir compter un peu plus, de vouloir être unique. D'essayer de faire mieux, d'essayer d'être différent. Mais j'ai l'impression de ne pas bouleverser les autres, de n'être percutée que lorsqu'ils me croisent.

Je suis vouée à me souvenir de tous ceux qui ont marché à côté de moi, comme s'ils étaient des exceptions à leur façon.

Quant à moi, je n'ai jamais été une exception.

Comment érafle-t-on l'âme de ceux qui nous écorchent ?

Ne dit-on pas que la plus belle des éraflures reste celle de l'amour ?

L'amour… C'est déchirant, mais c'est aussi tellement beau.

Tu ne crains jamais de ne pas être aimée comme toi, tu aimes ?

Ils ne nous aiment jamais comme on le rêverait.

Je trouve cela injuste.

Au contraire, c'est très juste. Chacun a sa manière d'aimer, qui ressemble parfois à la nôtre, mais très souvent l'amour est incomparable.

Mais aimer différemment ne veut pas dire ne pas aimer.

Certains offrent plus de rêves que de fleurs,
d'autres effacent les étoiles qu'on s'obstine à collectionner.

Cela dépend des émotions qui nous transcendent ou de ce que l'on a à donner, je suppose.

Mais je crois que le plus compliqué, ce n'est pas d'aimer les autres comme ils le voudraient ou d'attendre qu'ils nous aiment comme nous le voulons, *mais de s'aimer soi-même.* C'est surtout cela qui est injuste, dans l'amour.

Pourquoi est-il si difficile de se donner à soi-même ce que l'on offre les yeux fermés ?

À croire qu'il n'y a que deux possibilités : les aimer à en mourir ou s'aimer tellement qu'il ne leur reste plus rien.

Alors, le cœur déborde d'amour pour eux sans jamais en être rempli pour lui-même, c'est ça ?

Parce que ne pas être aimé comme on le veut c'est un fait, mais ne pas savoir s'aimer, c'est terrifiant. C'est déchirant.

Tu l'as dit, *pourquoi est-il si difficile de se donner à soi-même ce que l'on offre aux autres les yeux fermés ?*

On est capables d'aimer des cœurs qui ne nous aiment pas en retour, mais on ne sait pas se donner de l'amour tout seuls. *Pourquoi ?* Je me suis posé cette question pendant des années.

Peut-être qu'on ne comprend pas toujours les raisons qui poussent des regards à se tourner vers nous ou à se poser sur nous. Pourtant, ces mêmes regards, on les laisse nous aimer parfois.

Moi, je ne sais pas m'aimer.

Mais je fais partie de ceux qui aiment les autres à en mourir.

Je m'éprends de mon prochain à y laisser ma vie et je dépéris dans le vide qu'est mon amour-propre. Il n'y a rien de juste dans ma manière de chérir. Il n'y a rien de beau, il n'y a rien de délicat, il y a seulement ce besoin dévorant d'aimer, d'aimer et d'encore aimer. Aveuglément, sans limite, et tellement douloureusement. Ça me fait mal, d'aimer. Ça me brûle, ça m'étouffe, ça me bouleverse.

J'aime facilement, dès la première seconde et souvent sans retour en arrière possible.

J'aime trop, j'aime tout, *sauf moi.*

C'est beau, l'amour.

C'est beau de regarder le monde être amoureux.

Mais pour moi, l'amour a toujours ressemblé à de la souffrance.

Parce qu'on aime les autres et on leur donne tout de soi.

On s'attache,
on partage avec eux des rêves et des parcelles d'espoir,
on les aime et on apprend à s'aimer soi-même.

Puis ils s'éloignent ; ils s'en vont ; ils reprennent leurs affaires sans nous rendre les nôtres. *Ils changent de train.* Parfois avec un *Au revoir, à bientôt*, souvent avec des adieux.

Et puis un jour, il ne nous reste plus rien à offrir.
Que du vide. Des larmes. De la douleur.

J'ai l'impression d'avoir brisé mon cœur toute seule et d'en avoir perdu tous les morceaux. Ils se promènent un peu partout avec celles et ceux qui sont partis.

Est-ce qu'il te reste des bouts de toi,
ou les as-tu tous égarés ?

Je crois que, malgré nos illusions, il nous restera toujours, quelque part, des débris de ce que nous sommes. Peut-être cassés, sûrement en mille morceaux, mais ils ne nous quitteront jamais tous.

Je sais qu'il est plus simple, parfois, de se laisser flotter dans l'océan de sa peine et de dériver dans les eaux des *Je n'ai plus rien à offrir.* Les mensonges que l'on se dit à soi-même sont parfois nos pires ennemis. Les certitudes qu'ils engendrent nous aveuglent.

Et tu sais ce que nos mensonges souhaitent ?

Que l'on reste dans notre confort et que l'on ne quitte pas nos habitudes. Parce qu'une fois qu'elle s'installe, on finit par s'y complaire, dans notre tristesse.

Elle devient tout ce que tu connais, elle te couvre de son manteau en te faisant croire que tu es à l'abri des pires tempêtes grâce à elle. Elle te fait oublier que chez elle, les averses sont quotidiennes. Tu te dis que personne ne peut te toucher parce qu'elle le fait à la place de tout le monde.

Alors, l'habitude te fait croire que tu es en miettes et que tu n'as plus rien à offrir. À personne, pas même à toi. Tu te convaincs que tu n'as plus d'amour à donner, de souffle à perdre, de joie à partager.

Et plus tu te le répètes, plus tu y crois, jusqu'à ce que tout ça devienne ta vérité. Elle vient ternir ta vision, et le gris devient alors ta couleur préférée. Pas trop sombre, pas trop coloré. Le fond t'appelle et les fausses vérités chantent à tes oreilles et deviennent ta réalité.

Ce soir, j'entends leur refrain dans tes mots.

Alors tous les petits morceaux qu'il me reste, où sont-ils ?

Pourquoi je ne les vois pas ?

Pourquoi je ne les sens plus ?

S'il y a encore des miettes de moi ailleurs qu'en des cœurs redevenus inconnus, que font-elles ? Elles se cachent, elles guérissent en silence ? Avant d'être brisées de nouveau…

Parce qu'un cœur qui aime ne sait faire que cela :
tomber et se briser quelque temps après.

Tu dis qu'on a toujours quelque chose à donner, mais les gens ne méritent pas des débris, des ruines, des vestiges. Peu importe à quel point ils racontent une histoire, on ne peut pas offrir des égratignures, des bleus, de minuscules bouts de cœur.

On ne peut pas offrir des fêlures.

On ne peut pas n'être que ça pour eux. Mais, tant que tous ces morceaux que j'ai perdus ne me reviendront pas, je ne pourrai jamais être autre chose qu'une cicatrice ou un fantôme. L'un comme l'autre, c'est déchirant.

Je ne veux pas être le prénom d'une blessure.

Ils sont toujours là, seulement cela demande de la force d'aller les récupérer pour les recoller tous.

C'est un long chemin à entreprendre de réparer son cœur brisé.

Et tu l'as dit toi-même, personne ne peut le faire à notre place.

On ne peut pas offrir nos fêlures, mais si c'est tout ce que nous sommes, on ne peut pas les laisser saigner encore et encore. Il faut les panser, et c'est à toi de le faire. Tu ne peux pas attendre que les morceaux reviennent tout seuls. *Il faut aller les chercher.*

Ils sont encore là, je les entends dans chacun de tes mots. Certains me crient leur présence. Ne te laisse plus croire que tu les as tous perdus. J'entends d'ici leurs pleurs. Cesse de les abandonner, toi aussi.

On ne peut pas recoller un cœur à partir de miettes.

Et ce n'est pas parce qu'il me reste des morceaux que je peux les assembler pour qu'ils ressemblent à quelque chose d'autre que des éclats de tristesse et des fragments de douleur. Qu'ils pleurent ou qu'ils m'attendent, je ne peux pas les reconstruire et encore moins les offrir.

Comme je te l'ai dit, personne ne mérite des débris. Pas même moi. On se fait mal et on blesse des cœurs plus qu'on ne peut les aimer.

Les gens méritent d'être aimés, pas d'être abîmés.

Alors quelle serait ta solution ?

Attendre le jour où, par miracle, tout se recollera ?

Errer jusqu'à ce que ce jour arrive ?

Et s'il ne vient jamais ?

Et s'il ne reste qu'un mirage ?

Souhaites-tu passer ta vie à laisser le monde te filer entre les doigts parce que le tien est brisé ?

Pourquoi penses-tu que tout se répare ? Une fois que les choses sont brisées, elles ne sont plus comme avant. On ne peut pas toujours recoller les morceaux, encore moins quand ils ressemblent à de la poussière.

Parce que si rien ne se répare, comment continuer ?

Si l'horloge ne donne plus l'heure, on la répare, et si ce n'est pas possible, on en rachète une. Si le miroir se fêle, on le rafistole ou on le change. Mais si le cœur se brise et que personne ne le répare, que faire ?

On ne peut pas jeter un cœur brisé,
encore moins le remplacer.

Je ne sais pas. J'aimerais te répondre qu'on pourrait fabriquer de nouveaux morceaux et les assembler en espérant qu'ils puissent ressembler à un cœur et battre ensemble. Et si on ne peut pas bricoler, alors peut-être pourra-t-on utiliser les décombres des autres.

Parce que si on perd des bouts de nous, les gens ne s'en vont jamais indemnes non plus.

Tu as raison. Je crois que si l'on sondait mon âme, on y retrouverait des ruines de tous ceux qui sont partis. Mon cœur s'est reconstruit sur les vestiges de leurs départs et il bat encore des sentiments que je leur portais.

Crois-tu qu'un jour l'amour disparaît ?

Je ne sais pas si l'on peut réellement *désaimer.*

Peut-être l'amour se transforme-t-il en autre chose, en nostalgie.

Peut-être reste-t-il coincé dans les souvenirs.

J'ai entendu dire qu'on mettait plus de temps à perdre ses sentiments qu'à les rencontrer. Combien de temps faut-il pour tomber amoureux ? Quelques heures, des semaines, plusieurs mois ?

Je crois que cela dépend de celui qui aime. Moi, je te l'ai dit, je m'attache au premier regard, dès l'ombre d'un sourire.

Je pourrais te dire que je t'aime, là, tout de suite. Et j'y trouverais déjà plusieurs raisons.

Mais quelles raisons te poussent à aimer aussi facilement ? *Quelles raisons te pousseraient à m'aimer ?*

Je crois que c'est parce que je suis tellement dépourvu d'amour-propre qu'un simple regard posé sur moi me donne l'impression d'exister.

Je trouve ma place dans la moindre œillade que l'on m'adresse.

Je m'accroche à la plus minime des attentions que l'on me porte et je ne veux pas la lâcher. Beaucoup diront que ce n'est pas de l'amour. Mais je ne suis pas d'accord.

Je n'ai pas le *Je t'aime* mensonger,
il n'est pas illusoire,
il n'est pas superficiel.

Là, je serais sincère en te disant que j'aime voir que, malgré ta vie qui semble tempétueuse, tu ne cesses d'avancer. Malgré ce que tu crois. J'aime déceler la force dans chacune de tes syllabes et leur mélodie qui sifflote leur résilience. Je crois que j'aperçois ton âme, ce soir. Et j'aime ce qui en émane.

Et si j'aime ces parcelles de toi,
cela ne veut-il pas dire que je t'aime aussi ?

Pour aimer quelqu'un, ne faut-il pas connaître toutes ses parcelles ? Les plus belles, les plus maladroites, les plus sombres, les plus tranchantes ? Et si tu aimes seulement celles que tu vois, qu'en est-il du reste ?

Les fragments que tu n'as jamais vus,
ceux que tu n'as pas entendus,
ceux qui se cachent encore ?

Je crois qu'on a besoin de connaître une personne sur le bout des doigts pour savoir si l'on est capable de l'aimer entièrement. Pas seulement la lumière, mais aussi toute l'obscurité qu'un cœur peut garder.

Mais peut-être aime-t-on au fil du temps,
un peu plus à chaque fois.

On découvre de nouvelles parcelles et on les aime encore plus. On les chérit, on veut les protéger pour toujours. Puis un jour on tombe sur d'autres ombres qui nous réfrènent et c'est peut-être pour cette raison que l'amour finit par s'étouffer et disparaître. *Ce sont peut-être les bribes que les gens ne connaissent pas encore qui les pousseront à s'en aller plus tard.*

Crois-tu que l'on puisse connaître entièrement une personne ?
Je suis persuadé que non.

Il y aura toujours des zones d'ombre,
des jardins secrets et des fleurs inconnues.

À te suivre, on ne pourra jamais aimer son prochain
si l'on n'en vient jamais à connaître tout de lui.

On ne connaît jamais les gens entièrement,
et on ne les aimera jamais complètement.

Mais je pense qu'on a besoin de connaître le nom des fleurs qui ont fané en plein printemps et celui des nuages gris qui sillonnent le ciel de juillet.

Il faut connaître les tempêtes et les fêlures d'un cœur pour être capable de l'aimer. *Mais ce sont souvent ces mêmes failles qui poussent les gens à s'en aller.*

Je crois que nous revenons sur nos certitudes antérieures.

Personne n'aime de la même manière, ni à la même vitesse.

Peut-être faut-il trouver ceux qui nous ressemblent, alors, si tant est que cela existe. Les failles ne me font pas fuir, je n'ai pas peur d'y tomber.

Il n'existe personne sans éraflures, et si nous devions passer toute notre vie à partir loin de ceux qui en ont, il n'y aurait plus que la solitude pour nous ouvrir les bras.

Tu penses que nos cœurs ont des blessures similaires ?

Des cicatrices qui se ressemblent et qui ne s'effacent pas ?

Je crois que les âmes se reconnaissent entre elles, oui.

une place dans le monde

Mais, au fait, qui es-tu ?

Je ne sais pas quoi répondre à ta question.

Une poussière dans l'univers, sûrement.

Toi, qui es-tu ?

Je suis… un visage sur lequel on ne s'attarde jamais. Un étranger à ta vie, et au monde en général.

Un jour, on m'a dit que *je n'étais rien*.

Qu'aucune de mes phrases ne résonnerait jamais dans un cœur, qu'aucun de mes mots ne toucherait jamais une âme.

On m'a dit qu'aucun monde ne s'arrêterait de tourner si le mien le faisait, et que si je perdais mon souffle, cela ferait plus d'air ailleurs. Que si je pensais être quelqu'un, je pouvais dès maintenant cesser de me faire des illusions. Je crois que je ne suis plus vraiment personne, depuis ce jour-là.

Comment savoir qui l'on est, si l'on n'est personne ?

Ce n'est pas aux autres de décider de ta valeur ou de choisir la place que tu occupes dans ce monde. Peu importe s'ils pensent que tu n'es pas suffisant ou que tu es en trop, peu importe s'ils te font comprendre que ton prénom n'est qu'une miette sur laquelle on ferait mieux de souffler, ou pire s'ils te le disent en face.

Tu n'es pas rien parce qu'ils te l'ont répété des millions de fois.

Tu n'es pas rien parce que tu as ajouté des taches noires sur le tableau de certaines personnes.

Tu n'es pas rien parce que tu as fait de mauvaises rencontres.

Tu n'es pas rien parce que tu as des fêlures un peu partout et surtout au cœur.

Tu n'es pas rien.

Qu'il est dur d'*être quelqu'un*,
qu'il est difficile de savoir qui l'on est.

Si *je ne suis rien*,
je n'ai pas à me soucier d'hier,
d'aujourd'hui ou de demain.

Mais si je suis quelqu'un,
je sens déjà les nuages d'angoisse emplir mes poumons.

Si je suis quelqu'un,
je dois aussi me soucier de *qui je vais devenir*.

Ça me terrifie.

Tu n'as pas besoin d'être quelqu'un,
tu as seulement besoin d'être *toi*.

Tu me le dis comme si *être soi* était la chose la plus simple au monde.

Rien n'est facile, encore moins quand il y a le mot *soi* dans la conversation. L'amour-propre, la confiance, être soi.

J'envie les chanceux qui n'ont jamais eu de mal à coexister avec eux-mêmes, qui ne détestent pas les miroirs, et pire, qui sourient quand ils en croisent.

Moi, je suis effrayée de passer ma vie à chercher la personne que je suis vraiment, et à l'aimer.

Tu crois que c'est notre faute ?

Qu'on a failli quelque part, qu'on est arrivés en retard ?

Tu crois qu'elle nous attendait, notre place dans ce monde, et qu'on est seulement passés à côté ?

Ou puisque tu parles des chanceux, crois-tu que cela ne se résume qu'à une histoire de malchance ? Un *pile ou face* du destin, une histoire de divin ?

Ça dépend des émotions, tu sais. On a tous la même palette mais il y a des couleurs qu'on préfère, voilà tout. Certains apprécient le vif, celui qui brûle parfois les yeux et le cœur. D'autres adorent le terne, le morne, le sombre, celui qui hante l'esprit.

Je ne pense pas que le destin ait quelque chose à voir là-dedans. Moi, je pourrais très bien être souriante et joyeuse comme l'est le jaune, mais au lieu de cela, j'aime beaucoup le bleu qu'emportent la mélancolie et la tristesse.

Ce sont nos choix, les routes que nous empruntons et ceux que nous y croisons qui font de nous ce que nous sommes. Qui nous aident à nous aimer. Ou qui nous apprennent à nous détester.

Peut-être suis-je né avec des couleurs en moins et que celles présentes étaient déjà délavées.

Crois-tu que nous transmettons à nos enfants nos palettes ?

Je crois que mes parents non plus ne connaissent pas le jaune soleil et le rouge passion. Que le fluo leur est aussi inconnu que l'électrique ou le fuchsia. Le morne teinte leur vie et peut-être est-ce pour cette raison que la mienne est ternie.

Je pense qu'on offre notre couleur préférée à ceux que l'on rencontre. Ma mère m'a donné du rose, mon père du vert. J'ai grandi avec de la délicatesse et de l'espoir. Pourtant, ça ne m'a pas empêché de choisir le bleu.

Pourquoi le bleu ?

Le bleu pour la tristesse.

C'est le sentiment que je côtoie le plus. Il a sa chambre dans mon cœur, et ne la quitte presque jamais.

Et toi, quelle est ta couleur préférée ?

Le blanc.

Certains disent qu'il n'est pas une couleur, mais pour moi, il représente tout ce que je voudrais être.

Blanc de l'espoir,
blanc de la lumière,
blanc de la simplicité.

Mais le problème du blanc, c'est qu'il suffit de la plus infime touche de couleur pour le nuancer et qu'il perde de son éclat. Peut-être est-ce pour ça que je l'aime tant.

Les teintes des autres m'influencent, moi aussi.

Le bleu clair est le ton de bleu que j'affectionne le plus. Pourtant, moi, je ressemble à un océan. Profond, plus sombre, froid. Peut-être notre rencontre m'offre-t-elle la touche de blanc dont j'avais besoin pour ressembler au ciel.

Quant à moi, cela faisait longtemps qu'une couleur ne m'avait pas nuancé tout en douceur. D'habitude, on me salit sans prévenir, sans autorisation et sans retour en arrière possible. Mais ton bleu ne m'agresse pas, il me donnerait presque envie de quitter la pâleur.

Penses-tu que l'on puisse rencontrer d'autres personnes sans qu'elles nous inondent de leur couleur ?

Les gens ne me frôlent jamais,
ils m'abîment et me colorent entièrement,
jusqu'à effacer tout ce qu'il y avait avant,
jusqu'à noyer le bleu.

Toi, pourquoi m'offres-tu du blanc sans me tacher,
sans me déchirer, sans me submerger ?

Je crois que beaucoup ne le font pas exprès. Leur couleur éclabousse la nôtre mais ils ne s'en rendent pas compte, trop absorbés par leur propre reflet qu'ils voient en nous. Ils n'aiment pas la différence alors ils veulent nous façonner à leur manière.

Moi, je ne veux pas te colorer selon ma palette.

Je veux apprendre à connaître la tienne, avec *tes* nuances et *tes* éclats. Je ne veux pas que les miens se mélangent aux tiens. Je ne veux pas voir mon image danser parmi tes pigments bleutés.

Alors, je ferai attention à moi. *À toi.* Aux taches que tu pourrais laisser, et à celles que je ferai tomber. Même si je reste convaincue qu'on a besoin des couleurs des autres pour voir le monde correctement.

Cela fait longtemps que quelqu'un n'a pas fait attention à moi.

J'ai l'impression d'avoir attendu très longtemps pour que quelqu'un me donne l'impression de ne plus être entièrement seule.

Moi aussi.

Et je hais ceux qui disent adorer la solitude,
ceux qui clament qu'ils la recherchent,
qu'ils partent en quête d'elle,
qu'ils l'adulent et l'adorent.

Je les déteste,
ou peut-être que je les jalouse.

Parce qu'ils ont le choix, eux, d'être seuls.

Ils ne savent rien des mains froides de la solitude qui coupent le souffle, tranchent les peaux et glacent les cœurs.

Ils la choisissent *tandis que je suis né avec.* Ils décident des moments avec eux-mêmes, quand moi, elle ne me quitte jamais.

Je les méprise, *mais je les envie tellement.*

J'en verse des larmes trop souvent.

Je pense qu'ils aiment la solitude parce qu'ils sont entourés. Parce qu'ils sont *trop* entourés. Parce que la présence des autres est étouffante. Ils cherchent désespérément la solitude pour l'apprécier comme on demanderait à être proche de quelqu'un.

Je ne sais pas si je les jalouse ou si je les comprends,
peut-être un peu des deux.

J'ai souvent eu un pied dans chaque groupe pour ne regretter ni l'un ni l'autre. Mais chaque journée se résumait de la même manière : lorsque j'étais dans ma chambre, je me sentais plus seule que jamais.

Accepterais-tu de fonder le *Club des âmes solitaires* avec moi ? Peut-être la solitude est-elle plus agréable lorsqu'elle est partagée.

Soyons-en les fondateurs. Acceptons les âmes seules dans leur chambre, seules au milieu d'une foule, seules avec elles-mêmes.

Ce serait beau, d'offrir un foyer à tous les abandonnés.

Ce serait plus que beau, je crois. Mais je pense que certains foyers ne ressemblent pas à des maisons. Il faudrait un endroit que tout le monde pourrait appeler *chez soi.*

C'est quoi, ton *chez-toi ?*

Je ne l'ai pas encore trouvé.

Je suis d'accord avec toi, les maisons ne sont pas toutes des *chez-soi.* Longtemps, j'y ai cru.

Je me suis battu pour que l'endroit dans lequel je me réveillais et rentrais chaque fin de journée soit mon foyer. Avant de me rendre compte que je le fuyais plus qu'autre chose.

Dès que l'occasion se présentait,
je m'échappais des murs tremblants
et des voix résonnantes.

Notre demeure ne doit pas nous faire vibrer de terreur,
elle ne doit pas faire saigner nos oreilles de cris,
ni faire couler nos larmes.

Alors je suis parti et depuis, j'erre sans toit.

Quelques fois, j'ai fait escale dans certains cœurs,
jamais très longtemps, *on m'en chassait toujours.*

J'ai du mal à le comprendre, d'ailleurs, parce que mon cœur est la maison de tous ceux que je croise. Qu'ils le demandent ou non. Il pourrait même être la tienne.

Tout le monde peut trouver refuge dans mon cœur, sauf le mien.

Alors je traverse le monde pour en trouver un qui m'accepte et me promette de ne pas me mettre à la porte.

J'aimerais t'aider à chercher – et surtout à trouver – ce foyer.

Tu mérites d'avoir un endroit où les tempêtes restent dehors et ne font pas naufrage à l'intérieur de toi. Un lieu où tu peux fermer les yeux, respirer et dormir sans t'inquiéter du temps qu'il fait ou des orages qui feront trembler les murs, et ton âme.

Je pense qu'il faut marcher longtemps, *trop longtemps*, avant de tomber sur un abri. Souvent, mes abris sont des personnes. J'aime les appeler mes *personnes-refuges.*

Alors, j'espère que ton chemin te mènera vers des sentiers plus fleuris et qu'ils t'offriront des tas de maisons.

Combien as-tu de maisons ?

Combien as-tu de *personnes-refuges ?*

Qu'est-ce qui fait de quelqu'un ton havre de paix ?

J'en avais plusieurs. Mais j'ai dû parfois déménager, comme je suis en train de le faire. Je dois récupérer mes affaires et quitter les maisons que j'ai longtemps aimées pour en trouver d'autres.

Une *personne-refuge* ne nous accueille pas pour toute la vie, malheureusement. Mais je sais que j'en trouverai d'autres. Il me suffit d'un rien, d'une jolie conversation, d'un ciel plus étoilé, d'un cœur qui bat en même temps que le mien.

J'ai besoin de me sentir en sécurité près des gens que j'aime.

Qu'as-tu besoin de trouver chez l'autre,
pour avoir une *personne-refuge ?*

Comme toi : la sécurité.

Le besoin de savoir que je n'ai à craindre ni les nuits chaotiques ni les réveils inattendus.

Les promesses qui ne s'envolent pas et qui perdurent,
la douceur, la compréhension, la sérénité.

Tu dis être en train de déménager,
ta maison vient-elle de s'écrouler ?

Non, c'est ça qui est triste.

Ma maison accueille d'autres personnes et je ne m'y sens plus à ma place. Alors, je reprends les quelques souvenirs, les sentiments, je mets tout dans un sac et je m'en vais.

Les maisons n'ont pas besoin de s'écrouler pour ne plus être des maisons.

Tu accepterais de marcher près de moi pour que nous trouvions ensemble nos *personnes-refuges ?*

Oui, et au fil de nos pas, peut-être deviendrons-nous à notre tour nos *personnes-refuges* respectives.

une vague de souvenirs

Tu es nostalgique, toi ?

Plutôt mélancolique.

Un bout de mon cœur est coincé dans le passé et ne s'en détache pas.

La mélancolie, je la vois comme ma compagne d'infortune, mon bouclier face aux intempéries.

Si je n'ai personne pour me défendre contre la solitude, *j'ai la mélancolie pour m'en protéger.*

J'ai mes souvenirs, et j'ai mes larmes pour les faire vivre.

J'ai mes sanglots pour me rappeler qu'ils ne verront plus jamais le jour.

Mais j'ai aussi mes pensées pour toucher du bout des doigts leur douceur, leur chaleur, leur sérénité.

La mélancolie m'arrache le cœur,
mais elle le fait aussi battre de nouveau.
Elle le rafistole lorsqu'elle en fêle certains versants.

Je crois que la nostalgie est plus légère, plus lumineuse, je l'aurais préférée au spleen du passé.

Moi aussi, j'aurais préféré connaître des vagues de nostalgie plutôt que de baigner dans l'océan qui a pour nom *mélancolie.* Il est froid, lui, et pourtant elle me brûle. À cause d'elle, qui hante mes pensées et qui vit dans mon cœur, mes yeux cherchent partout les traces du passé. Dans les rues, dans le regard des autres, dans des endroits où je n'ai jamais mis les pieds.

La mélancolie m'écorche et je ne sais comment m'en débarrasser. À croire que lorsqu'elle pose ses valises un jour, c'est pour toujours. Elle est indélébile. Elle me rappelle sans cesse les prénoms que j'ai pour cicatrices et les blessures qui sont toujours grandes ouvertes.

À cause de la mélancolie, mes seuls amis sont mes fantômes et les souvenirs qu'ils traînent derrière eux.

Pendant longtemps je me suis demandé *Quand abandonneront-ils tout ce qui est trop lourd à porter ?* Et j'ai remarqué que c'était moi qui n'arrivais pas à leur dire adieu, qui continuais de les garder en vie quand ils ne demandaient qu'à être en paix.

Est-ce la mélancolie qui me colle à la peau
ou est-ce moi qui lui tiens la main ?

Un écrivain a un jour écrit que l'*On passe notre temps à aimer des souvenirs qui, eux, nous oublient.*

On en revient toujours à aimer ceux qui s'effacent. Peut-être devons-nous, à notre tour, savoir les estomper pour qu'ils vibrent un peu moins qu'hier.

Arracher le vêtement de la mélancolie *et* lui lâcher la main.

Peut-être que le secret est de vouloir vivre de nouvelles histoires plutôt que de se repasser le film de celles que notre cœur connaît sur le bout des doigts.

Peut-être en vivons-nous déjà, mais sommes-nous trop tournés vers le passé pour les voir se dérouler.

Le présent ne nous oublie pas,
peut-être est-ce à lui qu'il faut tendre la main.

Mais le présent file et se transforme en passé trop rapidement, je suis habituée à vivre avec lui, et avec ceux qui restent là-bas.

J'ai longtemps essayé de les arracher, *ces souvenirs,* de les ranger dans un placard ou dans des cartons. Mais j'y suis trop attachée pour tout jeter, pour les abandonner comme ils l'ont fait avec moi.

Si je laisse partir mes souvenirs, qui se souviendra d'eux ?

Peut-être sommes-nous aussi terrifiés qu'attachés au passé parce que lui seul pose un pansement sur les blessures qu'il ne cesse d'ouvrir. De soigner. D'ouvrir de nouveau.

Certains disent que nous ne pouvons pas guérir dans l'environnement qui nous a rendus malades… Peut-être qu'ils ont raison.

Tu peux regarder tous les jours par la même fenêtre, celle par laquelle les rayons passent, sans pour autant oublier la vue d'autrefois.

Si les paysages sont différents,
ils n'effaceront jamais les anciens.

Au contraire, ils te permettront de te dire que le monde est plus beau qu'avant. Que si tu en es là aujourd'hui, à regarder les champs et l'avenir fleurir, c'est que le cimetière des souvenirs et du passé est derrière. Et s'il est dans ton dos, *c'est que tu avances.*

C'est terrifiant, d'avancer.

Je trouve que ne pas le faire l'est encore plus,
je craindrais de passer à côté de ma vie.

Tout est terrifiant, dans ce monde.

Ne pas avancer et côtoyer le passé, ou le faire trop rapidement et rater des étapes, des chemins, des rencontres.

Marcher très lentement aussi, c'est terrifiant, parce qu'on a l'impression de manquer sa vie ou de la regarder de loin.

C'est épuisant, de vivre, tu ne trouves pas ? De s'inquiéter de tout, du moindre changement, d'un silence trop long, d'une absence qui s'éternise.

Surtout si nous laissons nos peurs prendre le dessus et nous figer. C'est le courage qu'il faut pour s'en défaire qui nous épuise. Mais cela en vaut la peine.

Moi, c'est le passé qui me paralyse. Il est difficile de m'en défaire entièrement, parce que avancer est compliqué et j'ai du mal à laisser derrière moi tout ce que j'ai aimé.

Tu n'es pas obligée de tout laisser derrière toi. C'est comme la vue par la fenêtre, tu en découvres d'autres sans oublier les anciennes.

Pourquoi oublier ce que tu as aimé ?

Tu ne peux tourner le dos à une partie de toi-même.

Mais je ne peux pas non plus vivre avec des fantômes dans le cœur pour toujours.

Ce sont les vivants qui ont besoin de moi,
pas ceux qui sont partis.

Tu crois que le passé et le présent ne peuvent pas coexister ?

Que serait le passé, s'il était voué à plonger dans l'oubli ?

Les deux peuvent coexister,
c'est bien pour cela que je souffre tant aujourd'hui.

Le passé me serre dans ses bras la nuit et disparaît la journée, me laissant une sensation amère de solitude.

Comment fais-tu pour vivre sans te soucier des fantômes et de ce qui est derrière toi ?

Détrompe-toi, je m'en soucie. Mais je ne les laisse pas décider de mes demains. Ils me donnent leur avis, ils m'orientent, et lorsqu'ils deviennent trop bruyants, je leur rappelle qu'ils ne sont pas des fantômes pour rien. J'ai appris à cohabiter avec eux parce que j'ai compris que je n'avais pas le choix.

Et j'ai surtout réalisé que je suis peut-être *tout* de mes fantômes, *mais ils ne sont pas tout de moi.*

Ils ne définissent pas l'entièreté de ce que je suis, ni ce que je vais devenir. Ils se sont figés dans le temps, à une époque précise et s'ils vivent encore avec moi, ils n'ont pas grandi. *Moi, si.*

Et cela vaut également pour toi.

Tes spectres sont ce qu'ils sont mais ils ne doivent pas ternir ta vue. Vois-les comme un guide de ce qui était hier, un rappel de ce que tu as vécu. Sans être un poids qui te retient de découvrir ce qui t'attend demain.

Tu penses que nos fantômes ont une place dans chacun de nos demains ?

Je pense que nos fantômes ont une place dans tous nos hiers et que c'est à toi de les empêcher de te voler tes demains. Personne n'y a sa place sauf toi, et ceux que tu décides d'y emmener.

Toi, accepterais-tu d'en faire partie ?

Pourquoi voudrais-tu de moi ?

J'aime bien te parler. J'aime bien en savoir plus sur moi grâce à toi. Puis… tes mots posent des pansements sur certaines plaies.

J'ai presque envie de croire que je peux devenir amie avec mes fantômes pour qu'ils cessent de me blesser. Ou que je peux faire la paix avec mon passé pour qu'il me laisse avancer.

Crois-y fort. C'est la première étape pour y arriver. Y croire de tout son cœur, de toute son âme.

Tu ne m'as pas dit si tu aimerais faire partie de mes demains.

Oui, j'accepterais d'en faire partie. C'est beau, ce que tu me demandes. Cela fait longtemps que l'on ne m'a pas demandé de rester quelque part, auprès de quelqu'un.

J'espère que tu ne deviendras pas un fantôme.

On finit tous par en devenir un, tu sais.

C'est triste… *Tu penses être le fantôme de tes fantômes ?*

Je suis déjà mon propre fantôme, alors oui, sûrement. Mais ce n'est pas grave d'en être un.

Il y a tout le reste à côté,
ceux pour qui on n'en est pas un,
ceux pour qui on ne le deviendra qu'au dernier moment.

C'est ce qu'il faut retenir.

Tu préfères devenir un souvenir ou un fantôme ?

Les souvenirs ne sont-ils pas déjà des fantômes ?

Henry Bataille a écrit : « Les souvenirs, ce sont des chambres sans serrures. Des chambres vides où l'on n'ose plus entrer. »

Mais pour moi, les souvenirs ce sont des pièces remplies. De livres, de photos, de musiques. Des pièces où les murs sont recouverts de posters et de couleurs, d'objets qui racontent mille et une histoires mais surtout la nôtre.

Il y a parfois des plantes à arroser ou des fleurs déjà fanées depuis longtemps, des vêtements qui traînent, des autocollants sur la fenêtre.

Les souvenirs, ce sont des chambres sens dessus dessous, qu'on n'a pas eu le temps de ranger. Chaque objet sur le sol peut parler de nous.

Les fantômes, eux, sont seulement les prénoms de ceux à qui appartiennent ces chambres. *À quoi ressemble ta chambre, toi ?*

Ma chambre est une demeure aussi grande que la quantité de mes souvenirs. Comme pour toi, tout s'entasse, et si j'ai mes endroits préférés, il y a aussi certains coins qui prennent la poussière et que je refuse de balayer. Parce qu'il existe des souvenirs qui méritent d'être chéris, cajolés, et d'autres qui ne méritent même plus un regard. *Quels sont tes souvenirs poussiéreux ?*

Mes souvenirs poussiéreux sont ceux qui m'ont secouée trop brusquement, ceux qui pourraient m'écorcher le cœur encore une fois. Ceux qui ont fait grandir les océans et qui m'ont submergé plus d'une fois.

Ces souvenirs restent sur les étagères et se couvrent de poussière pour que je n'oublie jamais qu'ils ont existé. Qu'ils sont aussi importants que les jolis moments, que les larmes ont autant leur place dans ma vie que les sourires et que si je suis *moi* aujourd'hui, c'est grâce au mélange des deux.

Ma chambre regorge de souvenirs et je ne sais si elle suffira pour tous les accueillir ou si je devrai me débarrasser de certains au fil du temps.

Le présent, lorsqu'il se mêle au futur, est un appel aux doutes : on ne sait pas si on s'en sortira, si on avancera.

Et puis un jour, on se pose, on regarde en arrière et on comprend que nos doutes n'étaient finalement rien de plus qu'un manque de confiance en soi, d'optimisme ou de foi.

Si ta chambre doit suffire pour tout contenir, elle le fera. Et si elle déborde, elle saura faire le tri et envoyer certaines mémoires dans l'océan de l'oubli. Tu ne peux prendre cette décision seule.

As-tu déjà essayé de te débarrasser toi-même d'un souvenir ?

C'est impossible, plus tu te dis que tu dois l'oublier, plus il se superpose à chacune de tes pensées.

On ne peut pas se débarrasser de ses souvenirs… Et ce sont toujours ceux que l'on aimerait mettre de côté qui sont gravés partout.

Je me rassure en me disant que ce sont les souvenirs importants qui sont inoubliables, peu importe s'ils sont imprégnés de chagrin. Ce qui compte sûrement le plus, c'est la manière dont on prend soin de ses souvenirs, non ?

Je crois, oui.

Les souvenirs sont comme des fleurs.

Si l'amour les arrose,
si la tendresse les éclaire,
ils n'auront pas de raison de faner dans l'oubli.

Mais si l'on y souffle l'orage de l'amertume,
ils risqueront d'être déracinés.

Si l'on y verse les couleurs sombres de la colère,
comment ne pas dépérir ?

Les souvenirs se nourrissent d'amour
et s'ils en étaient privés,
on n'en retiendrait que la douleur.

Alors, je vais arroser mes souvenirs
en espérant les voir fleurir.

Je vais les aimer un peu plus fort,
pour qu'ils cessent de me blesser.

Je ne veux plus que mes souvenirs
ressemblent à des marque-pages tristes.

une averse d'émotions

Parfois, j'ai l'impression que tout déborde en moi.

J'ai l'impression de me noyer à chaque fois que je ressens quelque chose.

Si une pièce est inondée, on ouvre la fenêtre, la porte, et l'eau s'en va à cœur joie. Mais si le trop-plein est en nous, comment le faire fuir de soi ?

En pleurant ? En criant ? Peut-être qu'en ignorant tout ce qui ne va pas, ça finit par arrêter de prendre de la place. Ça se cache, ça s'efface, ça s'en va ?

Et si l'on en est incapable ? Ne t'est-il jamais arrivé de ne pas réussir à verser les larmes qui alourdissent ton cœur ?

Si. Trop souvent. Mais si tu captures tes peines pour enfermer les larmes, elles existent quand même. Et elles grandissent. Elles se transforment en rivières, puis en océans. Et un jour, quand tu t'y attends le moins, elles font éclater ton cœur pour qu'il libère ses sanglots. On finit toujours par pleurer. Cela prend parfois des années.

On parlait d'autres univers et de nouveaux mondes, je crois qu'il me faudrait une planète entière, bleuie par les mers de mes larmes.

Ma tristesse pleurerait quotidiennement avec les averses et la houle recèlerait mes déluges. Peut-être existe-t-elle déjà et qu'elle sanglote à ma place lorsque je ne peux le faire.

Depuis combien de temps n'as-tu pas senti l'eau ruisseler sur tes joues ?

Je pleure tout le temps. Je ne me souviens pas d'une seule journée sans larmes ni sanglots.

Tu as besoin d'une planète pour vider la tristesse qui comprime ton cœur, accepterais-tu de la partager avec quelqu'un qui remplirait des lacs tous les soirs ?

Nous serions les deux faces d'une même planète.

Nos océans seraient remplis de larmes,
les miens sûrement un peu plus d'angoisse,
de rancœur et de souvenirs.

Qu'en est-il de ton côté ?

Qu'est-ce que ton cœur garde pour lui,
de quoi est-ce qu'il ne veut pas se détacher ?

La question serait plutôt
De quoi mon cœur veut-il bien se séparer ?

Il garde captif tout ce qui le frôle et l'écorche,
tout ce qui le caresse et l'enlace.

Il n'a pas de rancœur mais sa colère trône sur ses océans.

Il n'a pas d'amertume mais sa souffrance sillonne ses fonds, rôdant aux côtés de ses terreurs muettes.

Les souvenirs sont ses trésors enfouis dans le sable.

Pierres précieuses d'automne, d'hiver, de printemps et d'été.

Et chaque jour, le chagrin les déterre et les emmène s'échouer sur les rives de mes pensées.

Je ne décide de rien, il mêle mes croyances et espoirs, mes rêves et désillusions, et ne veut jamais les délier.

Cela t'arrive, d'être dicté par ton cœur ?

Tout le temps. Je crois n'avoir jamais été influencée autrement que par mes sentiments. Qu'importe l'émotion qui domine : la haine, la terreur, la mélancolie, et même si elles me secouent toutes, c'est toujours mon cœur qui me pousse à faire mes choix. Bons ou mauvais, ce n'est pas grave.

Je pense que le plus important c'est d'être sincère et d'écouter ce qui vit en nous, même si cela nous rend maladroits. Ou sensibles.

Peut-être que mon cœur explose, *parfois*, peut-être qu'il se brise en morceaux parce qu'il est aussi fragile que de la porcelaine. Et si les émotions fortes lui font très peur et trop mal, *il les écoute toujours.*

C'est beau, *d'avoir confiance en son propre cœur.*

Mon cœur représente tout ce que je suis et ce que je ressens. Ne pas lui faire confiance serait me trahir. Cela n'empêche pas que je le déteste très souvent de tout ressentir aussi fort. Les sentiments ne me frôlent pas, ils me percutent. Tous.

À tes yeux, je serais une constante trahison. Mon cœur m'effraie trop souvent car je ne le comprends que très peu. Tout l'érafle, tout le bouscule et le bouleverse.

Je ne sais pas quoi en faire,
de ces vagues d'émotions qui l'engloutissent.

Que faire lorsqu'il pleure la peine de son prochain ?

Que faire lorsqu'il crie l'injustice de son voisin ?

J'ai un cœur qui bat pour le monde entier, qui se brise et s'effondre avec lui. Et comme notre planète court à sa perte, sans préambule, elle m'emporte dans sa valse létale.

Je préfère être de ceux qui ressentent trop que de ceux qui ne ressentent rien du tout. Pas toi ?

Moi aussi. Mais parfois, j'aimerais ne plus rien ressentir. Cela semble tellement plus simple.

Plus simple, mais pas mieux. La douleur ne serait plus aussi intense mais la joie non plus. Les couleurs seraient moins vives et le bonheur moins bruyant. La vie doit être tellement fade, si on se contente de vaguelettes d'émotions.

Alors si nous excluons les anesthésiés des sentiments, selon toi, vaudrait-il mieux un juste milieu ou être dans l'hyperbole du ressenti ?

Je ne sais pas quoi te répondre.

J'ai toujours vécu avec un cœur qui rencontre tout trop fort.

Je ne sais pas si je pourrais vivre avec un « juste milieu » ni si je serais réellement *moi* si je ressentais les choses moins violemment, ou avec douceur.

Parce que j'aime savoir que je vois le monde avec des couleurs quand d'autres n'y voient qu'une vulgaire planète.

J'aime trembler sous mes émotions, j'aime savoir qu'elles me percutent avec beaucoup de force et laissent plus d'impacts. Et si elles sont lourdes à porter, je préfère leur omniprésence que de coller leur nom sur des panneaux pour les retrouver.

Les joies et les peines sont de grandes victoires et de terribles défaites, mais elles me secouent toutes autant les unes que les autres. Je peux sauter et crier comme je peux rester assise et laisser mon cœur se noyer toute une nuit.

J'aime être obnubilée par des choses futiles,
pleurer pour « rien », comme les gens disent.

Tout ressentir c'est souvent souffrir,
mais je préfère utiliser le verbe *vivre.*

Ta fougue est belle. Elle donne des raisons à ton cœur de battre.

Et mon cœur me donne des raisons de vivre.

Quelles sont-elles ? Si tu rencontrais une âme en peine d'exister, quelles raisons lui donnerais-tu pour continuer ?

Je lui dirais que si on souffre de voir le soleil se lever chaque matin, on peut aimer le regarder s'éteindre le soir. Que la nuit nous offre des toiles uniques et que les nuages sont intrigants.

Je lui parlerais de la nature, des champs de fleurs, de l'océan.

Je lui proposerais un pique-nique sur le sable ou dans la forêt, dans un endroit où les seuls bruits seraient ceux du monde.

Je lui confierais que les jours se ressemblent souvent mais qu'ils sont pourtant tous différents, que la douleur sait s'endormir elle aussi. Que les rêves sont beaux et que ce n'est pas en soufflant sur un pissenlit qu'ils se réaliseront.

Je lui dirais que la vie est seulement un long chemin et que c'est à nous de planter des fleurs si l'on veut qu'il soit plus coloré.

Je lui révélerais que les gens qui nous percutent ne devraient pas marcher près de nous et que ceux qui nous font sourire devraient le faire pour toujours. Mais que ce n'est pas aussi simple ni aussi doux.

Je la préviendrais que ceux qui font naître des sourires sont souvent ceux qui briseront notre cœur et qui nous empêcheront de respirer correctement. Que leurs prénoms deviendront des blessures qui ne cicatrisent pas ou des cicatrices qui ne s'effacent pas. Et que ce n'est pas grave.

Je la rassurerais en lui parlant de mes fantômes et j'espère qu'elle comprendrait qu'avoir le cœur rempli de souvenirs n'est pas la fin du monde.

Je lui dirais qu'une personne m'a dit qu'on n'était pas obligé d'oublier pour avancer.

Tu me donnes envie de vivre à tes côtés. Cela semble doux.

les monstres de la nuit

Voilà un moment que la nuit est tombée. Je figerais le temps pour que celle-ci soit éternelle.

J'ai toujours détesté la nuit, mais depuis que je partage la mienne avec toi sous les étoiles, j'ai moins peur de l'obscurité.

Pourquoi ne l'aimes-tu pas ?

Parce que la souffrance résonne plus fort la nuit, tu ne trouves pas ? Le monde s'endort, le ciel s'éteint et les bruits se réveillent.

Au contraire, pour moi, tout se calme la nuit. Il ne reste que les âmes silencieuses, celles qui errent et se cherchent.

Les fantômes déambulent, et moi avec.

C'est en plein jour, au milieu de la foule, que je souffre le plus.

Parce que les sourires de tous ces gens narguent ma peine,
que leur ignorance assombrit mes pensées
et que leurs mensonges me donnent envie de crier,
mais que je ne peux rien dire.

La nuit, il n'y a plus de faux-semblants. Les larmes sont invisibles dans la pénombre. Si, là tout de suite, je pleurais, tu ne le verrais pas. Tout est si paisible la nuit.

Tu dis que le ciel s'éteint mais pour moi, je n'en retiens que les étoiles qui brillent et la lune qui s'illumine.

Je préfère le soleil. J'ai l'impression qu'il réchauffe tout ce sur quoi la lune met un voile. Le monde est bruyant le jour, mais c'est le bruit de la vie. La nuit, quand tout se tait, les monstres et les blessures se réveillent, les uns hurlent et les autres brûlent un peu plus fort.

Que ce soit le jour ou la nuit, mes monstres et blessures veillent toujours. Comment fais-tu pour les endormir ?

Je les pousse dans un coin de ma tête et j'oublie leur existence. Je pense à d'autres choses, je m'occupe, je m'aère l'esprit. Mais la nuit… Tout revient.

Comment contres-tu les insomnies ?

Je regarde les étoiles pour chercher des constellations. Tu savais que la plus petite étoile connue fait la taille de Saturne ?

Les étoiles les plus petites sont considérées comme des étoiles ratées parce qu'elles ne parviennent pas à *allumer la fusion nucléaire*, c'est-à-dire qu'il n'y a aucun mélange d'atomes ni d'énergie libérée.

Tu imagines, les plus petites étoiles sont incapables de briller pendant des millions, milliards d'années. C'est intéressant, tu ne trouves pas ?

J'aime les étoiles, alors lorsque la nuit me tient éveillée, je les cherche dans le ciel, je leur parle, je découvre leur histoire.

Et toi, comment combles-tu tes insomnies ?

Je converse avec les monstres qui me tiennent éveillé. Sais-tu qu'eux aussi sont à la recherche de lumière ?

Les loups hurlent à la lune lorsqu'elle est pleine tandis que mes démons crient aux étoiles de revenir lorsqu'elles se cachent.

Et heureusement, les étoiles finissent toujours par revenir.

Regarde, plusieurs sont venues nous rejoindre cette nuit.

Elles brillent. Elles sont belles.

Tu crois que les monstres disparaîtront totalement un jour ?

Ou que, comme les étoiles, ils reviendront toujours ?

Je pense qu'ils s'endorment. Mais ils finissent toujours par se réveiller. Et quand il n'y a pas assez de place sous le lit ou dans le placard, ils se reposent en nous.

Alors on est condamné à être hanté par nos monstres toute notre vie ? Comment tenir si on sait d'avance qu'on ne s'en séparera jamais ?

Les monstres disparaissent, certains changent seulement. La plupart le font, d'ailleurs. Ils prennent une autre apparence, un autre prénom. Ceux qui te terrifiaient lorsque tu étais plus jeune ne te font plus peur maintenant.

On grandit, les monstres aussi. Ils n'ont plus besoin de se cacher dans le noir pour être effrayants. Ces nouveaux monstres peuvent sortir, marcher sous le plus grand des soleils, nous suivre partout. Il y en a qui font plus mal que peur, d'autres qui continuent de nous hanter la nuit.

Je ne sais si on s'en sépare un jour, mais j'espère que les monstres savent briser les promesses des *pour toujours*.

As-tu un monstre qui ne t'a jamais quittée ?

Il s'appelle *Éphémère*. Tout ce qui vit peu de temps me terrifie. J'ai la sensation de vivre avec lui depuis le premier jour, comme s'il était toujours au-dessus de mon épaule pour me rappeler que tout ne dure qu'un temps et que tout se finit. *Que ça va faire mal.*

Tu ne trouves pas ça paradoxal, que ton monstre *Éphémère* vive avec toi depuis le début ? La vie est si étrange parfois, si contradictoire.

Mais comment profites-tu du moment présent avec *Éphémère*, qui te chuchote ses peurs mensongères ? S'il te prépare déjà à la fin, s'il t'y conditionne alors que le début est à peine amorcé ?

Arrives-tu seulement à apprécier la seconde présente ?

Je profite de tout. Tout le temps.

Je profite de chaque fleur qui croise mon chemin,
parce que j'ai conscience qu'il n'y en a pas partout,
que le vent les emporte, que les gens les écrasent.

Je profite de chaque nuage qui parcourt mon ciel,
parce qu'ils sont uniques et que d'autres yeux
ne les regarderont peut-être plus jamais après moi.

Je profite de chaque coucher de soleil,
parce que les couleurs ne sont jamais les mêmes.

Je sais qu'*Éphémère* est partout,
et c'est sûrement lui qui rend les choses plus belles,
parce qu'elles ont une fin.

Les fleurs fanent, c'est pourquoi elles sont magnifiques,
les étoiles s'éteignent, c'est pourquoi je les aime,
le cœur se brise, c'est pourquoi il est si précieux.

Quel monstre t'accompagne partout ?

Le monstre *Futur.*

Il me terrifie.

Je n'ai aucun contrôle dessus,
tout peut arriver,
et *surtout rien, aussi.*

Tous mes rêves peuvent devenir poussière
et je ne pourrais y faire quoi que ce soit.

J'ai peur dans dix, vingt ans,
de pleurer les mêmes peines,
les mêmes blessures qui me serrent le cœur aujourd'hui.

J'ai peur, dans dix, vingt ans,
d'être encore au même endroit, sur la même route,
aux côtés des cadavres de mes espoirs.

J'ai peur, dans dix, vingt ans,
de voir que le monde a continué de tourner sans moi.

J'ai peur, dans dix, vingt ans,
de constater que le vide habite encore mon cœur.

J'ai peur, dans dix, vingt ans,
d'avoir encore la même vie, la même routine.

Demain me terrifie autant qu'il me captive.

J'ai hâte d'être dans dix, vingt ans.
Mais ça me terrorise.

Le passé est terrifiant parce qu'on le connaît, on sait ce qui y vit, ce qui s'y cache, ce qu'il renferme… L'avenir est à quelques pas devant nous et pourtant, nous ne savons pas à quoi il ressemble.

Ferme les yeux et parle-moi de ta vie dans cinq ans. Où seras-tu ? Est-ce que tu auras réalisé certains rêves ? Est-ce que tu auras une jolie maison ? Une autre *personne-refuge* ?

Je me vois… près de la mer. Près des vagues qui ne me brisent pas lorsqu'elles s'échouent sur moi. Près des oiseaux qui virevoltent au fil de l'air, qui planent au-dessus des bourrasques, si légers et libres. La vue de ma chambre donnera sur l'eau déchaînée des matins, et celle calme du soir.

Peut-être mon âme sœur sera-t-elle à mes côtés.
Peut-être pas.

Je ne peux t'en dire plus, le reste est un lac flou de peurs et d'inconnues. Y vois-tu plus clair que moi ?

J'aurai guéri. Je l'espère, du moins.

Je nagerai dans l'océan sans avoir peur de me noyer, et sans avoir l'impression que l'eau ressemble à de la tristesse. Je regarderai les étoiles et j'envierai leur éclat, peut-être même que j'aurai compris ton amour pour la lune.

Et si les tempêtes existent encore,
je suis certaine qu'elles me feront moins peur.

Je sourirai davantage, même face aux souvenirs,
je laisserai mes fantômes dans un carton, je serai heureuse.

Tu m'en enverras, des cartes postales de ton bonheur ?

Peut-être le futur sera-t-il moins terrifiant, avec cette promesse.

Je les attendrai avec impatience.

Dans mon futur *chez-moi,* il y aura un cadre pour toutes tes cartes. Je l'appellerai *le cadre du bonheur.* Lorsque j'irai mal, je le regarderai.

Lorsque certains reçoivent des cartes postales, cela leur permet de voyager dans les pays en question. Tu me feras voyager au pays du bonheur.

Et toi aussi, tu me parleras de ta joie et de ce qui rythme ta vie. Le bonheur ne m'ouvrira pas seulement les bras, il te serrera dans les siens. Ce sera mon prochain vœu. Et le suivant. Puis celui d'après. Pour les cinq années à venir.

Ne gaspille pas tous tes vœux pour moi,
il faut les garder pour toi aussi.

Je les récupérerai quand tu n'en auras plus besoin.

Ta prochaine décennie est-elle déjà dessinée dans ta tête ?

Cinq ans avant, j'aurai guéri, alors cinq ans après, peut-être que je serai en train de réaliser tous mes rêves. Ceux dont on ne parle jamais, ceux qu'on garde au creux du cœur.

Peut-être que j'aurai voyagé, découvert des tas d'endroits, trouvé celui parfait pour construire ma maison.

Dans dix ans, j'espère côtoyer l'amour, les couleurs et la passion. Que les fantômes auront fait leur deuil à leur tour et feront moins de bruit.

J'espère que j'aurai accepté que certaines blessures ne guérissent pas mais ne m'empêchent pas non plus de vivre. Que les fleurs sont plus jolies quand c'est moi qui les aide à grandir et que la vie en vaut la peine, quand on a plein de fenêtres chez soi.

Et si ce n'est pas le cas, j'espère que je saurai où te rejoindre pour en parler.

À la fin de cette nuit, nous devrions faire en sorte d'être toujours joignable par l'autre. Que ce soit la semaine prochaine ou dans trente ans. Nous devrions faire un serment de ce genre, qu'en dis-tu ?

Je suis partante. Il n'y a rien de plus frustrant et douloureux qu'un départ silencieux. Je ne veux pas supporter le tien. Je refuse que tu sois une personne qui s'efface sans que je ne puisse y faire quelque chose.

Voilà une promesse commune, notre première.

Même si un jour nous nous perdons de vue,
promettons-nous de toujours voguer vers le même horizon.

Nous saurons nous y retrouver.

Je t'enverrai des cartes postales pour te montrer les endroits que j'ai visités, à la condition que tu partages avec moi tes rêves et tes espoirs.

Je le ferai.

Tu parlais des rêves dont on ne parle jamais et que l'on garde tout près de soi, à l'abri. Quels sont les tiens ?

J'aimerais voir mon cœur fleurir de nouveau,
je ne l'ai pas assez senti battre pour celui des autres.

J'aimerais vraiment que la douleur cesse de vivre chez moi et qu'elle dépose ses cartons ailleurs.

J'aimerais que les étoiles brillent en plein jour, même si je sais que ce n'est pas possible, que les tempêtes soient moins violentes et que les souvenirs soient plus faciles à ranger. À pardonner. À accepter.

J'aimerais passer de nouvelles nuits sous les étoiles, avec toi, parce que je me sens bien, parce que je me sens moins seule, parce que l'univers semble moins terrifiant quand tu es là.

C'était un de mes rêves, faire une rencontre poignante.

Il y a cette question qui voyage souvent sur les lèvres des gens : *Un inconnu a-t-il déjà bouleversé ta vie ?*

Tu seras ma réponse. Désormais, si on me la pose, je dirai :

C'était une nuit sans brume, sans espoir, avec un ciel que même les étoiles semblaient avoir abandonné. Une de ces nuits où le cœur est à la dérive, débordant de tout ce qui le frôle, le remplit et le vide. Une nuit où le monde est trop lourd pour nos seules épaules, où la peine doit être partagée pour ne pas tout submerger. Une nuit où la solitude appelle sa pareille, comme un loup qui hurle son amour à la lune.

C'était une nuit d'un cœur en naufrage, et qui s'est échoué sur les berges d'une âme qui traversait la même pénombre.

Qu'y a-t-il de plus touchant, de plus bouleversant que de trouver ce que l'on cherche au moment où l'on en a le plus besoin ?

Tu *me* cherchais ?

En un sens, oui. Après tout, ne sommes-nous pas constamment à la recherche de quelque chose, de quelqu'un ?

Peut-être que toi, oui. Moi, je préfère voir les rencontres fleurir dans leur coin, sans avoir cherché à les faire naître.

Mais si tu les laisses venir à toi, ne crains-tu pas de ne pas être prête ? Ne crois-tu pas en l'adage « Bonne personne, mauvais moment » ?

Je crois surtout au bon moment et à la mauvaise personne. Parfois, c'est nous qui ne sommes pas prêts à rencontrer les gens. Disons même que nous sommes souvent incapables de les aimer.

Qu'importe si le bon moment se présente à nous, nous sommes souvent contraints de lui tourner le dos.

Je crois que si c'est la bonne personne, le temps saura faire les choses. On ne rencontre personne par hasard.

Alors ce n'est pas un hasard,
si nous nous sommes rencontrés ?

Je ne crois pas, non. Crois-tu au destin ?

Non.

Si mon avenir est tracé par ce qu'on appelle le destin, je trouve cela triste.

Comme si j'étais censée suivre un chemin sans avoir le choix d'aller ailleurs. Marcher ici, tourner là, s'arrêter quelques secondes pour rencontrer quelqu'un qui détruira ma vie. Ou qui la rendra plus belle quelque temps. Recommencer à avancer, guérir, sourire plus fort, changer de route…

Je préfère croire que mon cœur décide d'emprunter les voies qui lui plaisent, et que chaque pas aurait pu mener à un avenir différent mais que j'aurais choisi.

Toi, que penses-tu du destin ?

Je crois au destin.

Mais je crois aussi que parfois, le destin est ponctué de points d'interrogation. Qu'il est suspensif à certains endroits et n'attend que nos propres décisions. Que souvent, son choix est de justement *nous laisser le choix.*

C'est aussi une forme de destin que d'écrire plusieurs chemins. Il n'y a pas une seule voie, il y en a plusieurs. Je ne le vois pas comme oppressant ni fataliste, je le vois comme rassurant. Il me couve de son regard lorsque le futur m'angoisse. Je sais qu'avec lui *quelque chose m'attend.*

Je n'arrive pas à me l'imaginer aussi cloisonné que toi.

Tu penses que c'est le destin qui nous a poussés à nous rencontrer ?

J'en suis persuadé.

Le destin, toi et moi. C'est un tout.

Je pense que c'était écrit.

Cela me rappelle ce que David Foenkinos a dit : « Il y a des gens formidables qu'on rencontre au mauvais moment. Et il y a des gens qui sont formidables parce qu'on les rencontre au bon moment. » Je crois que tu es ma *bonne personne au bon moment.*

les personnes-mirages

Les étoiles filantes me font penser aux personnes à qui l'on n'a pas eu le temps de dire *Je t'aime.*

Ou à celles à qui l'on n'a même pas pu dire *Bonjour.*

Est-ce que tu as déjà vécu avec des *prénoms-blessures* coincés dans le cœur ?

J'ai l'impression que mon cœur est un cimetière tellement il y a d'âmes absentes qui vivent à l'intérieur.

Rends-tu visite à leurs tombes ?

Y laisses-tu des fleurs à chacun de tes passages ?

Ou les ignores-tu et laisses-tu les mauvaises herbes s'épanouir ?

Je laisse des fleurs à tous ceux qui sont partis.

À ces longues relations qui ne m'ont apporté que des ecchymoses au cœur.

À ces passages soudains et rapides qui m'ont offert un peu de paix dans ce monde qui en est dépourvu.

Je dépose des fleurs sur les prénoms des absents,
même sur ceux qui cohabitent à l'intérieur
et qui n'ont jamais quitté ma vie.

Il n'y a pas que les disparus qui méritent des fleurs,
il faut remercier ceux qui sont toujours là.

Donnes-tu des fleurs aux inconnus ?

Pourquoi, tu aimerais en recevoir une ?

Je crois, oui.

Rajoute tes bourgeons au bouquet de ma vie,
il en aurait bien besoin.

Quelles sont tes fleurs préférées ?

Toutes.

Cela me fend le cœur de devoir en choisir une,
j'ai l'impression de trahir toutes les autres.

Pas toi ?

Je les aime toutes, mais cela ne m'empêche pas d'en préférer certaines. Les pissenlits, par exemple. J'aime imaginer que mes vœux se réaliseront lorsque je souffle dessus.

L'ont-ils déjà fait ?

Parfois, oui.

J'aime croire que tout peut exaucer mes souhaits :
les pétales des fleurs,
les bougies d'un anniversaire,
les étoiles filantes.

As-tu fait un vœu, lorsque tu en as vu une traverser le ciel ?

Non. Je n'y crois pas.

Faire un vœu revient à faire briller un espoir et pour moi,
les étoiles ne peuvent les réaliser. Tu en as fait un, toi ?

Cette nuit, j'ai souhaité que quelqu'un guérisse.

J'espère que ce sera toi.

J'espère que ce sera nous.

Mais ne dit-on pas que révéler un souhait,
c'est l'enterrer à peine le bout des lèvres franchi ?

Je ne suis pas de cet avis.

Avant de te parler de mon vœu, j'étais toute seule à y croire. Maintenant nous sommes deux à l'attendre.

Attendre… Est-ce qu'on passe sa vie à attendre ?

Attendre le retour du soleil,
le retour des absents,
le retour du bonheur ?

Je crois que c'est un choix, attendre. Tu peux décider de ne pas le faire. Trace d'abord ton propre chemin et vois si le soleil se lève, si la joie se dévoile, si les absents reviennent.

Je crois qu'il ne faut pas construire sa vie sur l'attente.

On passerait à côté de ce qui reste et de ceux qui sont là.

Et s'il ne reste personne ? Si l'on est passé à côté des arrivées en attendant des retours ?

Peut-être l'as-tu fait, tu ne le sauras jamais. Il faut apprendre à ne plus le faire. Les *et si* qui concernent les autres sont durs parfois. Les miens me brisent le cœur.

Toi, tu as l'impression de passer ta vie à attendre,
moi, j'ai l'impression d'avancer, sans personne à mes côtés.

J'avance et je les regarde partir.

C'est là que mes *et si* entrent en jeu,
lorsqu'ils m'échappent des doigts,
comme l'étoile filante de tout à l'heure.

Et si le pas qui s'en va était le miroir du mien pour l'éternité ? *Et si* cette personne était l'amour de ma vie ? *Et si* c'est elle que j'aurais dû suivre ? Mes *et si* apportent tant de questions sur tant de personnes.

On parlait de *personnes-refuges* et de *personnes-blessures,* as-tu déjà connu des *personnes-mirages* ? Celles que l'on n'a pas eu le temps de retenir ?

J'aime voir la vie comme un long trajet en train. À l'intérieur du mien, j'ai fait la connaissance de beaucoup de monde.

J'ai regardé s'asseoir à côté de moi des *personnes-blessures,* qui m'ont appris à sourire et qui m'ont surtout abîmée.

J'ai rencontré des *personnes-refuges* qui m'ont fait découvrir ce que c'était d'avoir une maison.

Il y avait les *personnes-filantes* ou de passage – choisis la manière dont tu veux les appeler – qui m'ont laissé le goût amer de l'inachevé. Du manque. Je me souviens encore du vide qu'elles ont laissé derrière elles. Je crois même n'avoir autorisé personne à s'asseoir à leur place après ça. Et j'ai changé de wagon.

Mais oui, pour répondre à ta question, les *personnes-mirages* ne m'ont pas épargnée non plus. Je n'en ai pas croisé beaucoup, deux, ce qui est bien assez. Elles sont passées près de moi, l'une m'a regardée quelques secondes de trop, la seconde m'a souri. Je me demande tous les jours ce qu'il se serait passé si j'avais osé me lever et lancer n'importe quel mot qui ne ressemblerait pas au silence avec lequel j'ai répondu.

Et si j'avais manqué la rencontre de ma vie ? Peut-être étaient-elles destinées à me briser le cœur. Je ne le saurai jamais. Cela m'empêche souvent de dormir.

Parle-moi de tes *personnes-mirages.*

Il y a en a eu tellement. Mais seules quelques-unes voyagent encore souvent dans mes pensées.

Celle qui m'a le plus marqué avait un sourire qui faisait pâlir le soleil. Comme lui, un matin gris, elle s'est levée dans ma vie et a tout illuminé. Les ruelles, les maisons, les champs… Avec elle, il n'y avait plus d'ombres.

Le temps d'une journée, mon cœur s'est réchauffé à chacun de ses rayons. À la nuit tombée, j'ai voulu parcourir le monde pour rester à jamais couché auprès d'elle. De l'Amérique à l'Asie, j'aurais traversé tous les continents pour rester éveillé à ses côtés.

Parce que je le savais, un soleil comme celui-ci, je n'en trouverais jamais un autre pareil. Que si je la laissais filer, si elle chutait, elle ne se lèverait plus jamais dans mon monde. J'étais prêt à veiller, à passer des nuits aussi blanches que sa lumière.

Mais aucune insomnie ne garde le soleil captif.

Alors, j'ai connu une journée sous son propre soleil, et le lendemain, elle n'est plus jamais revenue. J'y pense souvent. Mon cœur frissonne depuis. Parce qu'il n'a jamais retrouvé sa chaleur et sa lumière.

Elle a été le mirage qui fait miroiter une oasis au milieu d'un désert aride. Elle a été *mon* mirage qui faisait miroiter des lendemains moins sombres et moins froids. Et comme sa définition le décrit si bien, elle n'a été qu'une illusion, une utopie qui n'a duré qu'une journée.

Je ne sais si je préfère aimer les personnes qui me blessent ou celles qui n'ont pas pu le faire.

J'ai l'impression d'avoir un trou dans le cœur qui attend d'être rempli par des visages qui ne le feront jamais.

Est-ce qu'on s'en remet, tu penses ? Des passages, des absences, des cicatrices invisibles ?

Je suis terrifiée à l'idée de perdre mon temps en pensant à celles et ceux qui ne m'ont jamais dit *Au revoir* ou pire, qui ne m'ont pas dit *Bonjour.*

J'ai un cœur qui bat pour les souvenirs, mais il vibre sous ceux qui n'ont pas existé. Il imagine, il rêve, il est déçu.

Je ne sais comment trier tout ce que j'ai fait ou j'aurais pu faire, tout ce que j'ai dit et n'ai pas pu dire. Je suis terrifiée à l'idée de traîner des pièces qui n'ont pas leur place dans le puzzle de ma vie. De ne pas être complète.

C'est la quête d'une vie, que de se sentir entier.

Je pense que même les absences nous remplissent
et que nous ne pouvons être complets sans elles.

Je suis tous ceux qui sont partis,
mais aussi tous ceux qui restent.

Et si personne ne le fait, alors je suis les absents *et moi-même.*

Je crois que c'est une histoire de verre à moitié vide ou à moitié plein. Il ne faut pas plonger dans les abysses mais plutôt penser à ce qui persiste. Et se dire que même les néants valent quelque chose.

Un trou dans le cœur n'est pas invisible puisqu'il est là et se fait ressentir. Considère-le comme vivant, et décide toi-même de quoi le nourrir.

J'ai toujours essayé de voir le verre à moitié plein, mais j'ai l'impression qu'on le vide constamment. Et ceux qui le remplissent le font avec mes larmes ; ainsi, le verre est à moitié plein de tristesse.

Est-ce la seule chose que l'on peut m'offrir ? Des émotions qui ressemblent à un océan ? Ou à des averses ?

Je crois que tu regardes le problème de la mauvaise manière.

Ne laisse pas les autres remplir et vider ton verre. Ne leur donne pas le pouvoir de le casser non plus. Crées-en un nouveau pour eux mais garde le tien seulement pour toi. Ainsi, quoi qu'ils fassent de celui que tu leur offres, ils ne briseront pas celui qui te fait vivre.

Tu attendras moins de leur part, et crois-moi, lorsque l'on a moins d'attentes, on reçoit différemment tout ce qu'ils peuvent donner. La vision change.

Parfois, ils ne t'offrent pas que des averses destinées à te noyer, mais certaines sont aussi là pour t'aider à fleurir.

Et si je suis incapable de remplir mon verre toute seule ?

Tu en es capable, simplement tu ne sais pas comment le faire.

Observe les autres. Demande-toi comment ils le remplissent. Prends exemple sur eux.

Si l'humain sait se laisser influencer par les plus terribles des comportements, il peut aussi s'inspirer de l'inverse.

Regarde les gens heureux, ceux dont les larmes sont des larmes de bonheur. Porte ton attention sur les êtres tristes aussi.

Tu sais que toutes les âmes à la dérive ne se laissent pas emporter par le naufrage ?

Certaines ont des phares,
certaines des navires non loin, qui les attendent,
qui les appellent et leur lancent des bouées à la mer.

Et parmi celles qui n'ont rien de tout ça, beaucoup deviennent leur propre ancre. Pour toujours revenir à la surface. Pour ne pas être emportées par le courant. Elles s'ancrent et une fois immobiles, elles observent le monde autour d'elles. Elles essaient d'en comprendre les rouages et tout ce qu'elles n'ont jamais réussi à voir. Et puis, elles arrivent à comprendre ce qu'il leur faut pour quitter les eaux tumultueuses.

C'est un peu la même chose pour ton verre. Comprends ce qui t'entoure et apprends à te connaître toi-même. Découvre ce dont tu as besoin pour te remplir et quitter ton incapacité à le faire.

Comment remplis-tu ton verre ?

Je t'ai dit au début que je ne savais pas trouver l'espoir, mais j'excelle dans sa quête.

Lorsque mon verre est vide, je pars à sa recherche. Et même s'il reste introuvable, mon verre s'emplit des rencontres que je fais en chemin.

Tout d'abord, je me croise moi-même. Cela paraît peut-être stupide à dire, mais la première étape pour se remplir est de savoir qui l'on est et de quoi l'on est fait.

Ensuite, les autres m'aident eux aussi.

Je me heurte aux sourires des voyageurs comme moi,
et leurs mots me guident.

Je dis bonjour aux larmes des âmes esseulées comme moi, et elles m'accompagnent durant un bout du voyage.

Je croise l'amour, et même s'il est avorté, même s'il n'a pas eu le temps de respirer correctement, je n'oublie pas qu'il saura verser quelques gouttes dans mon verre.

Tout m'inspire, tout peut me combler.

Même la plus grande des tristesses peut remplir ton verre, tu sais.

Je me répète, mais tout ce qui vit en toi en est capable : orages et soleil, déluges et arcs-en-ciel.

J'aimerais.

J'aimerais apprendre à remplir mon verre toute seule, à y glisser des couleurs et des rires, à y ajouter des rencontres et des souvenirs joyeux qui ne seraient pas contaminés par le temps qui passe, parce que j'ai l'impression que le passé transforme la joie en mélancolie. Et que c'est douloureux et triste, quand elle est omniprésente.

J'aimerais aussi… j'aimerais surtout réussir à accepter que l'on n'est pas obligé de vider mon verre, qu'on peut l'inonder d'une manière différente. Et j'aimerais être capable de le remplir aussi.

Tu y arriveras, j'en suis certain.

Et ce jour-là, pense à moi. Écris-moi. Appelle-moi.

Je serai le premier à sauter de joie.

Promis.

On a parlé de ceux qu'on n'a pas eu le temps d'aimer, mais as-tu déjà eu le temps d'aimer quelqu'un qui ne l'a jamais fait en retour ?

Trop souvent.

Parce que les regards ne se croisent pas de la même façon, parce que ses yeux bleus n'ont pas vu les miens, n'ont pu plonger dans un océan couleur émeraude. C'est comme ça.

J'ai passé ma vie à frôler tout le monde.

Non, ce n'est pas entièrement juste :
ce sont les autres qui me frôlent,
qui m'éraflent et me hantent.

Je ne compte plus les battements de cœur manqués pour des personnes qui ne m'ont jamais regardée. Ou pour celles qui le faisaient mal. Pas de la bonne façon. Pas comme j'aurais aimé.

C'est étrange d'aimer quelqu'un qui ne t'aime pas. Parce que ça laisse un petit trou qui devient un abysse, qui grandit et qui me rappelle que *certains prénoms m'ont brisé le cœur sans avoir pris le temps de le tenir entre leurs mains.*

Aimer quelqu'un qui ne nous aime pas en retour, c'est une éternelle quête de réponses dont les questions ne se chantent que dans nos têtes.

Qu'ai-je de moins, qu'ai-je de trop ?

Ne suis-je pas assez pour être aimé,
dois-je y renoncer ?

Y a-t-il encore un espoir,
dois-je y croire ?

Il y a une solitude dans un amour non partagé qui malmène le cœur et coupe le souffle.

À qui parler d'un amour qui ne résonne que dans nos pensées ?

Le secret devient concret au moment où il franchit la barrière des lèvres. Et là, l'amour semble se multiplier, se décupler.

Il explose hors de notre cœur,
il se promène librement,
il fait mal constamment.

Et lorsqu'il prend trop de place, la question fatale arrive :
en parler à la personne concernée,
continuer de tout garder ?

As-tu déjà avoué un amour secret ?

Non, jamais.

Tous mes amours secrets le sont restés.

Seul mon cœur se souvient toujours de leur prénom et de la couleur de leurs yeux.

Parce que je suis encore incapable d'oublier.

J'ai aimé en silence,
sans faire de bruit,
parce que c'était plus facile.

Moi, je ne suis pas assez courageuse pour entrer dans la vie de quelqu'un en lui disant que mon monde vibre au seul son de sa voix.

Je ne suis pas assez forte pour encaisser des *Désolé, qui es-tu ?* Ou pire, un *Je ne peux pas t'aimer.* Parce que j'ai été habituée à entendre cela de la part de personnes qui étaient censées le faire.

Alors, j'ai regardé de loin les âmes qui m'ont bousculée sans même se rendre compte que j'étais là. J'ai enfoui leur souvenir en moi pour ne jamais les perdre, mais aucun *Je t'aime* n'a dépassé le seuil de mes lèvres.

Parce que aimer à distance, en silence, est moins douloureux. Pourtant… Pourtant j'en avais, des choses à dire. Des mots à balancer. À crier. À pleurer.

J'avais aussi sûrement des tas de choses à vivre… *J'ai manqué des sentiments.* Mais j'étais déjà bouleversée à l'idée de ressentir autant, je n'ai jamais pu aller plus loin.

As-tu été plus téméraire que moi,
as-tu réussi à laisser parler ton cœur ?

J'ai déjà laissé mon cœur chuchoter :
Je t'aime, mais je crois que toi, non.

Je n'avais d'autre choix que de le laisser parler : les mots débordaient, ils se lisaient dans mes yeux, se ressentaient dans chacun de mes gestes, s'entendaient dans toutes mes phrases.

Alors j'ai eu des *Je t'aime, au revoir* plus souvent que je ne l'aurais voulu. Des *Je t'aime, adieu* aussi douloureux que libérateurs. Des larmes amères lorsque j'entendais son *Je suis désolée, moi, je ne t'aime pas.*

Tu savais qu'on pouvait sincèrement s'en vouloir de ne pas réussir à aimer quelqu'un ?

Je le voyais dans son regard, j'entendais son cœur crier *J'aimerais tellement, tellement réussir à t'aimer.* Mais ça ne marche pas comme ça.

Peut-être parce que tous nos amours sont bel et bien écrits à l'avance. Qu'on ne peut aimer qui l'on veut, et tristement, pas tous ceux qui nous chérissent déjà. Peut-être parce que quelqu'un d'autre l'attendait. *Et je n'ai jamais compris pourquoi ce quelqu'un, ce n'était jamais moi.*

Je ne sais pas si nos amours sont déjà écrits.

Cela reviendrait à dire que nos sentiments savent exactement le moment où ils doivent se réveiller et quand exploser, quand s'éteindre.

Je pense seulement que... On ne peut pas aimer tout le monde. C'est douloureux, d'une certaine façon.

Il y a des regards dans lesquels on veut se noyer qui ne nous laisseront jamais plonger en eux. Il y a des bras qui ne nous serreront pas contre eux. D'autres qui le feront trop fort.

Je suis certaine qu'il y a des tas de cœurs qui sont tombés près du tien en silence, ou qui ont espéré recevoir un coup d'œil de ta part pendant que tu fixais une autre silhouette.

Tu y as pensé, toi ? Tu es peut-être la *personne de passage* que d'autres n'ont pas eu le temps d'aimer.

Et je sais aussi qu'il y aura de nouveaux
Je t'aime, mais au revoir à envoyer.

Ou que tu entendras des
Je t'aime, mais je l'aime encore plus.

Ce n'est pas grave.

Il y aura aussi des
Je t'aime, moi aussi.

Et peut-être des
Je t'aime encore plus.

Quand tu t'y attendras le moins,
ils viendront à ta rencontre.

Ne désespère pas d'être l'amour de tes amours.

Cela me brise le cœur de me dire que je suis peut-être la personne de passage de quelqu'un, la raison de ses larmes ou de ses espoirs déchus.

Plus jeune, j'étais terrifié à l'idée de blesser mon prochain. Jusqu'à ce qu'on me dise que nous sommes tous blessés un jour ou l'autre, qu'aucune personne n'y échappe et que je ne serai pas l'exception qui confirme la règle. Qu'il n'y en avait aucune, d'exception.

Je blesserai, comme on me blessera,
même si c'est sans le vouloir,
même si c'est à contrecœur.

Alors ce jour-là, je me suis promis de ne jamais ignorer la peine que je cause et d'en porter le fardeau avec moi. Parce que c'est lorsque l'on commence à ne plus se soucier des cœurs que l'on érafle que le sien perd de sa lumière. Qu'il pâlit d'insensibilité, ignorant du monde qui l'entoure.

Alors j'ai en moi tous ceux que j'ai blessés, et même tous ceux que j'aurais pu écorcher sans le savoir.

Tu n'as pas l'impression d'être trop souvent submergé ?

Cela m'arrive. Mais je me rappelle que ce sont des sentiments nécessaires pour faire de moi un bon humain. Ou tout du moins, pas le plus mauvais.

Cela fait peut-être de toi l'un des meilleurs.

les promesses nocturnes

Tu préfères les promesses ou les mensonges ?

Les promesses sont des mensonges.

Souvent, oui. On dit que les promesses n'engagent que ceux qui les reçoivent. Je crois qu'elles engagent aussi ceux qui sont dignes de les tenir. Mais je te l'accorde, ils se font rares.

Les promesses sont toujours brisées par ceux qui s'enfuient avec. Ils te jurent de t'aimer pour toujours, mais *pour toujours* ressemble souvent à quelques mois.

Mais tout le monde ne s'enfuit pas.

Tous ceux qui m'ont promis quelque chose l'ont fait.

Je suis désolé qu'ils aient brisé toutes leurs promesses.

J'aimerais t'en faire une qui ne s'envole pas.

Y croirais-tu ?

Cela dépend de la promesse.

Si je te promettais de ne jamais t'oublier ?

Je te dirais que cela ressemble à un mensonge,
parce qu'on ne partage que cette nuit.

Les étoiles et la lune nous observent mais le reste du monde ignore tout de notre rencontre. Comme si elle n'était pas entière. Comme si elle était vouée à disparaître.

Pourquoi penses-tu cela ? Je me fiche que le reste du monde nous ignore, tant que nous ne le faisons pas.

As-tu besoin d'être vue par les autres pour t'estimer réelle ?

Je m'en fiche, du reste du monde. Mais j'ai l'impression qu'il n'y aura plus rien lorsque le soleil se lèvera. Comme si nous n'existions que cette nuit.

C'est à nous de le décider.

Voudrais-tu exister avec moi encore demain ?

Demain, c'est-à-dire lors de la prochaine nuit ?

Nous pourrons converser demain, oui,
mais pas de la même manière que cette nuit.

Je crois que l'Univers nous a fait un clin d'œil ce soir, en nous poussant aux côtés de l'autre car je n'étais pas censé être ici, et je le serai encore moins demain.

Est-ce que cela signifie que je ne partagerai plus jamais de nuit à tes côtés ? Que c'était la première et la dernière fois que je te parlais ?

Pas la dernière, non.

Le vent pourra toujours m'emporter de nouveau à tes côtés.

Mais pas demain. Ni la nuit d'après. Ni celle qui suivra.

Quand je te disais que le monstre collé à mon cœur s'appelait *Éphémère*, je ne pensais pas qu'il me ferait mal aussi brusquement en cet instant.

Tu es celle qui façonne ton éphémérité, tu sais.

Je n'ai rien d'un mirage,
je ne disparaîtrai pas,
sauf si tu décides du contraire.

Parfois, nous reportons la faute sur nos monstres, mais nous oublions que nous sommes ceux qui les nourrissent.

Ils dînent de nos terreurs, déjeunent de nos déceptions et s'abreuvent de nos espoirs. Tes hésitations sont leurs collations, tes incertitudes, leurs gâteaux préférés.

Chaque jour, ils grandissent grâce à toi.

Chaque jour, tu t'effaces *à cause* de toi.

Essaie de ne plus les nourrir.

J'ai un peu l'impression d'être le monstre de l'histoire.

Au contraire, il faut que tu puisses te différencier d'eux.

Tu n'es pas tes monstres.

Tu n'es pas ce qui te tient éveillée la nuit,
ce qui malmène ton cœur,
ce qui angoisse tes jours.

Tu n'es pas tes peurs,
tu n'es pas tes dérives,
tu n'es pas tes démons.

Je peux te le répéter toute la nuit :
tu n'es pas tes monstres,
ne les laisse pas te persuader du contraire.

Alors, qui suis-je,
si je ne suis pas ce qui me fait peur,
ce qui me rend vivante,
ce qui me blesse ?

Tu es ce qui te rend vivante,
mais ce ne sont pas tes monstres qui font battre ton cœur.

Peut-être te réveillent-ils tous les matins en sursaut, peut-être te tiennent-ils éveillée la nuit, peut-être même guident-ils tes journées et te font-ils croire qu'ils ne te quitteront jamais. Qu'ils sont à chaque coin de rue, dans chacun de tes mots, avec chacune de tes respirations. Mais c'est faux.

Tu es ce qui te rend vivante.

Tu es celle qui décide de respirer chaque jour,
celle qui arrive à quitter son lit le matin,
celle qui réussit à flâner dans les rues la journée.

Tu es celle qui me parle,
celle qui ressent,
celle dont les pensées fusent sans arrêt.

Tes monstres ne sont que des spectateurs et tu ne leur donnes du pouvoir qu'en croisant leur regard, qu'en attendant leur approbation. Ignore-les. Tu n'as pas besoin d'eux. C'est terrifiant, je sais, quand tu les as connus toute ta vie. Mais tu es ce qui te fait sourire, ce qui te passionne, ce qui t'émerveille.

Tu existes en dehors d'eux,
tu n'es pas tes monstres.

Quand je t'écoute, j'ai l'impression d'être quelqu'un de bien.

Quelqu'un qui a peur mais qui a le courage de tout affronter, les monstres, les cauchemars, le désespoir.

Quelqu'un qui ne fait pas d'erreurs ou seulement des très petites, qui ne brisent rien. Si seulement… J'aimerais voir ce reflet-là dans le miroir. *Ça a l'air beau d'être moi, dans ton regard.*

C'est parce que j'essaie de voir tout de toi, là où tu as mis des œillères sur le positif. Pourtant il y en a. Énormément. Tu as l'air si dure avec toi-même.

C'est douloureux d'être soi-même, parfois. *Souvent.* C'est encore plus compliqué d'apprendre à se regarder avec de l'amour dans les yeux quand on ne nous en a jamais donné.

Nos parents sont censés être les premiers à nous donner l'amour dont nous avons besoin. Les tiens ont-ils failli à cette tâche ?

Non. Mes parents m'ont apporté tout l'amour dont j'avais besoin. Mais ça ne suffit pas toujours. Nos parents sont censés être nos premiers amours, mais il y en a tant d'autres à découvrir. Des amis, des amants, des personnes de passage… Mais quand on est constamment la personne qui aime le plus, on ne comprend pas toujours les raisons qui poussent d'autres cœurs à nous aimer.

Pourquoi est-ce qu'on ne mérite pas autant d'amour que celui que l'on offre ?

Pourquoi suis-je la seule à pleurer la nuit ?

Est-ce qu'ils reviendront ?

Qu'est-ce que j'ai fait de mal ou de travers ?

Est-ce que je vais rencontrer quelqu'un qui m'apportera ce dont j'ai besoin ?

L'amour reçu a toujours été un poison, parce que j'ai toujours pensé que je ne méritais pas d'être aimée.

Mais les autres nous aiment à leur façon, même si ça fait mal… Mon cœur a encore du mal à le comprendre.

Tu me l'as dit toi-même, aimer différemment ne veut pas dire ne pas aimer. Il nous reste à comprendre leur amour pour le sentir.

Est-ce que tu crois qu'on sera en paix un jour,
avec le fait de toujours plus aimer qu'eux ?

Est-ce que tu crois que la quête de notre vie serait de trouver quelqu'un qui le fait aussi fort que nous ?

Est-ce que tu crois que ça existe ?

Un jour, tu rencontreras quelqu'un que tu aimeras,
et qui t'aimera en retour.

Ce sera beau,
peut-être pas comme tu l'attendais,
peut-être pas au bon endroit.

Mais ce sera vous,
et cela suffira.

Peut-être que cet amour sera bancal et parfois blessant.

Parce qu'on apprend à aimer les autres.

Peut-être que cette rencontre saura parsemer ton chemin de rêves et ton ciel d'étoiles, peut-être même qu'elle te donnera l'impression que l'amour n'a jamais existé avant son regard et que ce mot n'existe que pour parler d'elle.

Un jour, tu rencontreras quelqu'un,
et si l'amour n'est pas comme tu l'imaginais,
il sera aussi fort que le tien.

J'attends ce jour avec impatience.

Peut-on se faire une autre promesse ?

Laquelle ?

Lorsque ce jour arrivera, pour toi comme pour moi, promettons-nous de nous appeler. Pour nous remémorer nos mots de ce soir, pour sourire face au chemin parcouru, pour verser les larmes de la joie qui sera venue nous rencontrer.

Promis.

les *Je t'aime* d'une vie

Tu es déjà tombée amoureuse ?

Que veut dire « tomber amoureux » pour toi ?

Tomber dans le vide.

Une chute libre,
sans parachute,
mais jamais monotone.

On tombe amoureux comme on vole.

Lorsqu'on le fait, on est à la merci des vents chauds et des bourrasques glacées.

Parfois, il y a des appels d'air, parfois on plane, et parfois, il n'y a plus de vent. Lorsque c'est le cas, seule l'altitude à laquelle l'amour nous a emmenés peut nous sauver. *Mais elle ne le fait pas toujours.*

Souvent, tu dérives dans les cieux avec une autre main dans la tienne. *Quelques fois, non.* Et alors, tu n'attends plus que la chute. *Mais hors de l'amour cette fois.*

Je me souviens être tombée amoureuse quelques fois, mais je me rappelle surtout m'être brisée au sol. Avoir senti mon cœur torturé par des sanglots intarissables. Ne plus réussir à respirer.

L'amour ressemble étrangement à une maladie, quand on y pense. Alors, heureusement que l'on guérit.

Il y a des amours incurables, dans ce cas-là.

Des amours qui empoisonnent toutes nos cellules,
qui asphyxient nos poumons, et rongent notre cœur.

Parle-moi de tes chutes.

Tomber amoureux a l'air d'être incroyable dans tes yeux.

Mon premier amour était la définition même du chaos.

Mais pas au sens négatif du terme,
pas celui qui détruit tout et qui s'en va aussitôt.

C'était un chaos dans son sens originel :
un désordre de deux âmes sens dessus dessous.

C'est cela, mon premier amour était un *chaos d'âmes.*

Une cohue de sentiments, tous plus forts les uns que les autres, un méli-mélo de tendresse et de larmes.

C'était la première fois que je me sentais aimé,
et je ne savais pas quoi faire de tout ce que je ressentais.

C'est une drôle de sensation que de se savoir aimé.

Que de lire dans le regard de l'autre que c'est réel, que c'est vrai, juste là, à portée de main. Qu'on touche l'amour du bout des doigts après l'avoir tant poursuivi.

Je pouvais être à mille mètres d'altitude, frôler le sol la seconde d'après avant de retourner côtoyer les nuages.

Plusieurs fois, j'ai cru que mon cœur ne suivrait pas la cadence. *Mais le cœur s'accroche à tout.* Il ne m'a pas lâché lorsque j'ai cru qu'il exploserait d'un trop-plein d'affection, et il ne s'est pas éteint lorsque tout s'en est allé.

Mon premier amour était ma première chute et sûrement la plus belle. Elle était naïve, synonyme de découverte et tellement forte. Les citations que j'avais toujours trouvées niaises devenaient pleines de sens.

Moi aussi, j'aimais à en mourir,
moi aussi, j'aimais pour toujours et à jamais.

Moi aussi, j'ai aimé.

C'était beau. *Mais très maladroit.*

J'ai l'impression que notre rencontre n'était pas la plus douce, que nos âmes se sont heurtées et brisées. Des bouts de son être sont encore coincés en moi, et j'espère secrètement que des morceaux de mon âme sont toujours près de la sienne.

Mon premier amour ressemblait au mot *bancal,*
comme une chaise qui a perdu un pied,
comme un arc-en-ciel sans couleur rouge,
comme un ciel sans étoiles.

Quand son cœur me disait *Je t'aime*
j'avais l'impression qu'il me disait surtout *Désolé,*
comme s'il ne pouvait battre au même rythme que le mien,
comme s'il s'excusait de ne pas pouvoir m'aimer,
pas sans me faire de mal.

Tu penses que deux cœurs doivent battre à l'unisson pour s'aimer correctement ?

Je n'ai jamais appris à aimer, je le fais toujours maladroitement, encore plus lors de la première fois. Mes émotions prennent souvent le dessus et me submergent, je ne sais faire autrement, je respire à l'intérieur de mes sentiments.

Alors, la première fois, je ne savais pas nager, je me noyais. Et si l'amour m'a enfoncé la tête sous l'eau trop souvent, je sais qu'il ne blesse pas (*pour*) toujours.

Comme tu l'as dit, le temps répare tout, les blessures guérissent et deviennent des cicatrices qui, parfois, s'effacent.

Je crois que chaque amour nous laisse une fissure dans le cœur. *Certaines font plus mal.* Mais heureusement : les fissures laissent entrer la lumière. Et d'autres amours.

Tout cœur qui bat aime, qu'importe son rythme.

Je crois que l'on peut tomber amoureux même si l'on ne sait pas valser ensemble. Et je crois que ça s'apprend, de danser en harmonie avec le cœur de l'autre.

Si on ne t'a jamais appris à le faire, ce n'est pas grave, tu sais.

Il n'y a pas une manière universelle d'aimer.

Aime comme bon te semble,
aussi fort ou silencieusement que tu le veux,
l'important est que tu le fasses.

Je pense qu'on finira tous par trouver l'amour dont nous avons besoin en retour. L'amour en face qui acceptera le nôtre. Qui lui donnera raison d'aimer de cette manière. *Même maladroitement.*

Mais il est préférable d'aimer correctement que maladroitement. Sinon, on blesse les gens. Et notre cœur le premier.

Tu sais, le principal est d'aimer. Ne cesse pas de le faire parce que tu crois le faire maladroitement.

L'amour est subjectif, sa perception l'est encore plus.

Tu peux penser le faire correctement et malgré tout, blesser la personne en face de toi. L'inverse arrive, et il y a toute une palette de gris entre les deux.

Aime avec sincérité, c'est le plus important.

As-tu déjà dit *Je t'aime* sans le penser ?

Non, jamais.

Lorsque je dis *Je t'aime*, je le pense. Je le ressens.

Peut-être que ces mots n'ont pas le sens que veulent entendre les autres, peut-être qu'ils représentent plus de choses qu'ils ne le devraient, mais ils signifient :

Là, maintenant, mon cœur t'ouvre une porte et te laisse entrer dans un monde fragile qui manque de s'écrouler à chaque instant. Là, tout de suite, tes yeux me donnent envie de me noyer quelque part, de plonger et de découvrir des merveilles et des secrets. Là, ici, je te laisse prendre mes sentiments comme s'ils t'appartenaient, je t'offre ce que j'ai de plus cher et ce que peu de personnes voient. Je t'aime et je te laisse m'aimer.

Je ne mens pas avec l'amour, je ne triche pas. Jamais. C'est pourquoi je ne dis presque jamais ces quelques mots. Peu de personnes méritent de les entendre.

Et toi, est-ce que tu les as déjà prononcés sans les penser ?

Oui. Plus jeune, je croyais qu'il fallait que je prouve mon amour pour que l'on m'aime également.

Alors j'ai eu des *Je t'aime* à tout va, à toute heure, et sans raison.

Parce que je pensais qu'on me le dirait en retour, et qu'ainsi, *on m'aimerait à mon tour*. Mais cela n'a pas marché, et mes mots d'amour n'ont pu que prendre d'autres teintes, d'autres sonorités.

Tu disais que ton premier amour avait le *Je t'aime* désolé, je l'ai aussi eu plusieurs fois. À tort, et aujourd'hui, ce n'est pas ce dont je suis le plus fier.

J'ai déjà dit *Je t'aime* pour être excusé,
pour camoufler mes erreurs,
pour espérer un peu plus,
pour ignorer mon cœur brisé.

J'ai déjà dit *Je t'aime* sans le penser, par automatisme, parce que l'amour se fane plus vite qu'on ne veut l'accepter.

J'ai déjà dit *Je t'aime* pour grappiller encore quelques heures d'affection, quelques jours d'amour, avant de m'en aller.

J'ai déjà dit *Je t'aime* pour retenir avec pitié.

Je t'aime larmoyant,
Je t'aime suppliant,
Je t'aime implorant.

Mon *Je t'aime* sincère s'est fait désirer,
et je ne l'ai trouvé que bien après.

J'espère que tu ne diras plus jamais *Je t'aime* sans le penser.

des pardons et des mercis

Quel est le plus beau cadeau que l'on t'ait offert ?

L'espoir.

L'espoir ?

Les gens en ont toujours plus à donner aux autres qu'à eux-mêmes. Cela n'en reste pas moins beau. Et précieux, surtout.

C'est une lourde responsabilité que de donner de l'espoir à quelqu'un, car s'il ne se réalise pas, l'on devient la cible de cette déception, tu ne crois pas ?

Je ne parlais pas de cet espoir,
mais de celui qui est une évidence.

On s'en sort,
on guérit,
on avance.

Souvent, on oublie tout cela. On a la tête si enfoncée dans un nuage gris qu'on ne sait plus à quoi ressemble un ciel bleu.

On a parfois besoin des autres pour nous rappeler que la vie n'est pas seulement composée d'averses et de tempêtes.

Il y a des personnes qui insufflent ce brin de vie qu'on n'arrivait pas à trouver. Cette lumière qui s'était éteinte.

Tout à l'heure, on parlait des couleurs et des taches qu'ils laissent en nous, mais il faut aussi parler de ceux qui nous offrent leurs plus belles couleurs. Qui nous dévoilent leurs mélanges, et qui vont jusqu'à nous laisser leur palette.

Il faut parler de ceux qui font briller le cœur,
qui font rire aux éclats,
qui nous aiment de toutes leurs forces.

Il faut parler de ceux qui restent et de ceux qui nous aiment encore, malgré les pièces en moins, avec des morceaux cassés.

Il y a très peu de personnes qui acceptent des débris qui ne sont pas les leurs… Et pourtant, elles existent.

On parle tout le temps de ceux qui partent, jamais de ceux qui arrivent et qui restent. Ou de ceux qui ont toujours été là.

Ceux qui aident à traverser les tempêtes les plus violentes.

Ceux qui parlent peu,
mais dont les actes valent tous les mots du monde.

Ceux dont la présence est infaillible,
ceux qui ne nous déçoivent jamais.

On accorde tellement d'importance aux personnes qui nous brisent le cœur, parce que la douleur semble tout surpasser. Mais on occulte souvent que c'est l'amour de ceux qui sont présents qui nous aide à guérir.

J'aimerais être capable de dire *merci* à toutes ces mains qui n'ont jamais lâché la mienne et qui m'ont aidée à recoller les morceaux. Et Dieu sait qu'il y en a eu. Des tranchants, des irrécupérables, des perdus pour toujours.

Je ne sais pas pourquoi je ne parle jamais de ces bras qui m'ont consolée et de ces prénoms qui ne m'ont jamais bousculée.

Peut-être pour les protéger ?

Parce qu'on parle toujours de ceux qui s'en vont. Parler de ceux qui sont encore là les pousserait peut-être à partir.

Si maintenant, je te demandais de faire une ode à une personne qui rend ton monde meilleur, que lui dirais-tu ?

Merci. Merci pour la façon dont tu as déposé tes bagages dans mon cœur. C'était doux, c'était sain. C'était surtout beau.

Tu as toqué doucement à la porte de mon monde, tu es entré en faisant attention à ne rien toucher, à ne rien casser. Tu ne m'as pas bousculée, tu ne m'as pas fait mal, tu as seulement laissé entrer la lumière dans un endroit très sombre. Tu t'es approché, doucement, puis tu as ouvert la fenêtre… Et j'ai retrouvé le bleu du ciel. Sais-tu depuis combien de temps je ne l'avais pas regardé ? Je l'avais oublié. À vrai dire, j'ai presque tout oublié. Les émotions, les souvenirs, l'amour. Je ne me souvenais plus des couleurs qui vivaient dehors avant toi.

Je ne comprends pas pourquoi tu es arrivé là, un jour, par hasard, et je ne sais pas encore qui je dois remercier pour cela. Pour nous.

Alors, je vais te remercier, toi. Pour les mots, pour les fleurs, pour les rires qui ne sonnent pas faux. Je te remercie pour les larmes qui ne brûlent pas et qui permettent à mon cœur de se remettre à battre.

Tu ressembles au printemps ; tu as apporté du soleil dans tes valises, et il ne me brûle pas.

Alors, merci pour tout, pour les étoiles que tu as accrochées un peu partout au plafond, afin que je n'oublie pas qu'elles existent. Qu'elles brillent toujours mieux dans le noir – comme moi.

Merci pour les pansements que tu déposes sur mes plaies sans le savoir, merci pour la joie qui chasse les nuages gris, merci pour toi.

Cette personne sait-elle ce que tu viens de me dire ?

Je crois que les *Je t'aime* devraient être dits plus souvent.

Les raisons qui les animent aussi.

Non, elle ne le sait pas. Je crains d'être abrupte, de l'effrayer, de la bousculer. Ou qu'elle le fasse en retour. C'est terrifiant de lui dire qu'elle est devenue ma maison, parce que je ne sais pas si je suis la sienne.

Parce qu'il existe des personnes que l'on aime plus que tout et qui ne nous aiment pas de la même façon, qui ne nous aiment jamais aussi fort.

Ne vivrait-on pas plus sereinement en disant les choses telles qu'elles sont ?

Moi je crois que si j'étais la maison de quelqu'un, j'aimerais le savoir. J'ai tellement l'impression de déranger, d'être de trop, de ne pas avoir ma place, que si c'était l'inverse, je rêverais de le savoir.

C'est terrifiant de dire ce qu'il se passe à l'intérieur du cœur. Parce que lui murmurer *Tu es ma maison* revient à lui avouer *Je t'aime.* Toutes les personnes à qui je l'ai dit sont parties.

C'est qu'elles n'étaient pas vraiment ta maison et qu'elles devaient s'en aller avant d'en endommager les fondations.

Un jour, je suis certain qu'on te répondra
Et comme toi, tu es aussi la mienne,
construisons la nôtre ensemble.

Peut-être que moi, ce serait ça, le plus beau cadeau que l'on pourrait m'offrir. Une maison, un avenir ensemble.

Et quelle est la plus belle chose que tu aies donnée, toi ?

Je ne sais pas s'il y a de belles choses à donner, chez moi. Et toi ?

Mon pardon.

Je suis beaucoup trop mélancolique pour que la rancune s'infiltre dans toutes mes fêlures. Elle ferait pourrir mon cœur jusqu'à ce qu'il ne soit qu'un tas de haine, je ne veux pas de ça. Je veux être capable de me relever sans en vouloir à la Terre entière.

J'ai besoin de pardonner pour avancer,
de fermer le livre sans remords pour m'en aller.

N'as-tu pas peur que les personnes te blessent sans cesse si tu leur pardonnes à chaque fois ? Ou fais-tu partie de ceux qui pardonnent *et* s'en vont ?

Je pardonne à beaucoup de personnes, ça ne veut pas dire pour autant que j'accepte qu'elles restent dans ma vie.

Mon pardon les pousse à s'en aller, mon cœur les libère.

Je ne veux plus aimer les personnes qui m'ont abîmée.

Arrives-tu à garder près de toi les prénoms de tes blessures ? Sais-tu pardonner et aimer encore ?

J'aimerai toujours, je crois.

Tous ceux qui m'ont éraflé,
tous ceux qui m'ont écorché.

J'ai le *Je t'aime* facile
et le *Va-t'en* difficile.

C'est beau. J'aimerais que mon cœur aime de cette façon ceux qu'il rencontre.

Pas toujours. Ne pas savoir désaimer signifie constamment pardonner, même lorsqu'il ne le faudrait pas.

Il faut savoir pardonner, aimer et s'en aller. Sinon, on continue de se faire du mal et d'accepter qu'on nous en fasse aussi.

Le pardon ressemble étrangement à un pansement, quand on y pense. *On pardonne les erreurs des autres et les blessures qu'ils ont laissées.*

Crois-tu aux secondes chances ? Au fait de pardonner *et* rester ?

Non. Les personnes qui demandent une seconde chance sont celles qui ont lacéré notre cœur un peu trop profondément. Qui ont laissé trop de dégâts, trop de fêlures irréparables… Et celles qui nous laissent des bleus n'ont pas le droit d'avoir l'occasion de nous en offrir d'autres.

Parce que les blessures peuvent encore s'ouvrir et que les cicatrices ne méritent pas de brûler éternellement.

Si une personne a envie de rester, elle ne s'acharne pas à tout détruire tout le temps.

Je n'arrive pas à refuser une seconde chance.

Il y a toujours cette voix qui me dit *Et si c'était toi à la place, n'aimerais-tu pas être pardonné ?* Quand bien même je n'aurais jamais fait cela.

Cela s'apprend, tu penses,
laisser s'en aller ceux qui font mal ?

Je te promets que oui.

On aime, on est écorché, on pardonne.

On aime encore, on est brisé, on pardonne un peu moins.

Et ainsi de suite.

Mais un jour, on est trop blessé
et on n'arrive plus à pardonner.

Alors, on s'en va, parce qu'on n'a jamais assez de pansements. Parce qu'il y a trop de morceaux et plus assez d'amour pour les recoller.

Insinues-tu qu'il me faille encore être blessé pour apprendre à ne plus pardonner ? Que je ne l'ai pas été assez et que je doive encore endurer la souffrance ?

Si refuser le pardon signifie être brisé au point de ne plus pouvoir faire d'autre choix, je crois que je préfère pardonner à jamais.

Je pense que tu devrais apprendre à partir sans avoir pardonné.

L'amour sera encore là quelque temps, peut-être même très longtemps, mais il ne te fera plus souffrir. Les personnes qui te blessent ne méritent pas ton pardon, surtout lorsque tu le leur as déjà offert plusieurs fois… *Mais l'amour est autant un poison qu'un remède, alors je comprends.*

J'ai toujours cru que pour trouver la paix, il fallait justement savoir pardonner. Que la rancœur ne menait pas à la tranquillité.

Comment fais-tu pour trouver la sérénité sans jamais pardonner ? Comment ton cœur le tolère-t-il ? L'amertume ne l'étouffe-t-elle pas ?

Il faut surtout savoir se pardonner à soi.

La rancœur protège, finit par prendre ses bagages et s'en va toute seule, un beau jour.

De quoi faudrait-il se pardonner ?

Il faut se pardonner d'avoir accepté, d'avoir essayé, d'avoir souffert. Parce que, dans le cas contraire, on s'en veut pour toujours. On ne tourne pas la page, on n'oublie jamais, on n'avance pas.

Il faut se pardonner d'être tombé amoureux puis d'avoir perdu. Parce qu'on ne peut pas retenir les personnes qui veulent s'en aller, on ne peut pas forcer les autres à nous aimer.

Il faut se pardonner pour toute la douleur qui a remplacé l'amour, et pour toutes les blessures qui vont rester. Pour les cicatrices qui brûlent et les fantômes qui hantent.

Il faut se pardonner d'avoir le cœur blessé. De marcher à l'envers, de tomber, de ne pas savoir se relever à temps.

Il faut se pardonner d'avoir pris le mauvais chemin, de s'être éloigné, d'être parti.

Il faut tout se pardonner,
je me pardonne tous les jours.

comètes d'espoir

Je me sens un peu moins seul depuis que je te parle.

Je me sens un peu plus comprise depuis que je te parle.

Ton cœur est-il encore douloureux aujourd'hui ?

Cela dépend des jours. Les grandes blessures laissent des cicatrices qui brûlent encore un peu. Mais mon cœur est plus fragile à l'arrivée de certaines dates. Je crois même qu'il se brise à nouveau quand l'été approche.

Qu'apporte l'été, chaque année ?

L'hiver. Mes *personnes-aimées* ont choisi la même saison pour s'en aller et quitter mon monde. Je crois qu'il est destiné à ne connaître qu'un froid glacial, tout le temps.

Mais un jour, le soleil reviendra, n'est-ce pas ?

N'en doute jamais.

Alors j'apprendrai à sourire sous le ciel gris en attendant parce que je ne dois pas perdre un seul instant.

Cela me rappelle une question que l'on nous pose souvent.

S'il te restait un seul jour à vivre, que ferais-tu ?

Je dirais à tous ceux que j'ai aimés que je l'ai fait.

J'irais pardonner à tous ceux qui m'ont fait du mal.

Je crois que je serais content, le dernier jour de ma vie.

J'écrirais quelques lettres d'au revoir, quelques mots d'adieu, et je passerais le reste du temps, le regard fixe vers ma future maison.

J'espère que le ciel sera orageux, pour mon dernier jour. Qu'il préparera mon arrivée. Et toi ?

Rien de plus que ce que je ne fais déjà.

J'essaie de vivre chaque jour comme si c'était le dernier, pour ne rien regretter. *Les regrets et les remords, tu t'en souviens ?*

J'essaie de sourire à chaque personne que je croise, je fais de mon mieux, je me bats.

S'il me restait un seul jour à vivre, je pense que je ne ferais rien d'extraordinaire. J'avais toute une vie pour le faire avant. Mais je passerais sûrement mes derniers instants au bord de l'océan.

Retrouveras-tu dans les cieux des cœurs qui manquent à ta vie ?

Peut-être, s'ils m'attendent quelque part.

Quelles sont les choses qui te manqueraient ?

Ici ? Rien, je crois. Je retrouverai tout ce dont j'ai besoin là-haut.

Crois-tu en la vie après la mort ?

Oui. Je pense que j'irai rejoindre ceux que j'ai perdus, ceux qui m'ont promis de m'aimer *après*. Ceux qui m'ont juré l'éternité.

Je ne sais si cette vie sera une autre vie ou un endroit où je retrouverai les personnes que j'ai aimées, mais j'y crois. Et toi ?

Je suis persuadé que nous les retrouverons.

L'éternité perdrait de son éclat si elle n'était qu'un tissu de mensonges. On irait courir après son créateur et on lui demanderait pourquoi tant de promesses et toutes ces désillusions.

Si l'éternité n'existait pas, les plus belles promesses d'amour ici-bas et dans l'au-delà seraient vaines, et les cœurs ne sauraient que pleurer les larmes de leurs rêves déchus.

J'aime à croire que la vie d'après est aussi réelle que lumineuse, aussi sereine qu'aimante. Je crois qu'on le mérite, non ?

Puisque la vie est souvent affreusement douloureuse,
la mort mérite d'être belle.

Mon grand-père me disait toujours qu'il n'y a que l'après qui compte. Qu'ici-bas n'est qu'éphémère. Alors quand il est parti, cela était un peu moins douloureux, je crois. De se dire qu'il avait œuvré toute sa vie pour préparer sa mort. Qu'il s'en allait en paix.

J'ai vécu plusieurs deuils dans ma vie, mais le sien a été le plus doux, je crois. Si tant est qu'un deuil puisse l'être. Il avait ce goût d'achevé, cette odeur de *Ne vous en faites pas, c'était ma destinée.*

As-tu connu des deuils violents ? Des au revoir déchirants ?

Lorsque des personnes ont quitté ma vie, elles l'ont toujours fait en silence. Il n'y a jamais eu de cris, de mots violents, de réels discours larmoyants.

Mais tous les *Au revoir* sont déchirants,
qu'ils soient faits dans le bruit ou non.

Je suis condamnée à regarder des portes se fermer devant moi sans un dernier *Je t'aime.* Parce que c'est toujours trop tard. Ces adieux anéantissent plus qu'ils ne déchirent. Parce qu'ils ne sont plus là, parce que je suis seule. Ils ne récupèrent jamais leurs affaires, ils me laissent tout. Les souvenirs, la peine, des morceaux d'eux.

Alors, peu importe la manière dont elle vient, violente ou silencieuse, la mort déchire toujours.

La mort déchire et c'est au deuil de recoudre les morceaux, de créer un patchwork de souvenirs pour recoller les débris.

Comment as-tu réussi à faire ton deuil ?
À tourner la page ? À guérir ?

Moi je crois qu'on ne s'en remet jamais entièrement. Du monde, des blessures, des souvenirs. Je crois qu'ils restent en nous, ils s'émiettent et éraflent, ils déchirent et s'éloignent, ils s'endorment parfois… mais ils se réveillent toujours. Le temps ne change pas l'importance qu'ils ont, il les range seulement dans un tiroir que l'on fait semblant d'oublier.

Tout dépend de ta définition du mot guérir.

On en revient toujours à l'oubli.

Guérir, ce n'est pas oublier.

Guérir, ce n'est pas effacer tout ce que l'on a vécu.

Guérir, c'est vivre avec tout ce qui nous a blessés, élevés, chéris.

Je crois que la guérison n'est pas un miracle,
on ne se lève pas un jour, et tout s'en est allé.

Guérir c'est avancer, et ça, on le fait constamment.

Guérir, c'est se souvenir mais ne plus laisser les blessures prendre le dessus. Il faut accepter qu'elles soient là, qu'elles deviennent pour la plupart des cicatrices, et qu'elles fassent partie de nous. *Mais qu'elles ne nous empêcheront plus jamais de respirer.*

Alors je crois que l'on guérira tout le long de sa vie. Des blessures de l'enfance, des fêlures de l'adolescence, des écorchures de chaque nouvelle année.

Guérir, c'est aussi te parler.

Tes mots pansent les miens, ils me rassurent, *tu* me consoles.

Ça fait du bien, de rencontrer quelqu'un sans être bousculée. Sans souffrir. J'ai l'impression de me comprendre et d'accepter tout ce que je ressens depuis que l'on se parle.

Tu me répares.

Et moi, je crois que nous, les étoiles, nos mots dessous, cela m'a donné de l'espoir. Je te disais que je ne le trouvais pas, qu'importe combien je le cherchais, mais je crois que je l'ai aperçu ce soir, à tes côtés. Je l'ai regardé et je lui ai même souri.

L'espoir ressemble aux étoiles : elles n'ont jamais disparu, elles étaient juste cachées derrière les nuages… L'espoir aussi. Je suis certaine qu'il t'attend toujours. Partout.

Peut-être qu'à deux, le ciel se dévoile plus facilement.

Peut-être que c'est un signe pour nous aider à chasser la solitude, pour nous montrer qu'elle n'est pas la réponse à nos pensées tourmentées.

Peut-être que cette nuit, les astres nous ont rapprochés pour cela, pour nous montrer que rien n'est perdu et que tout est à notre portée.

J'ai hâte d'être dans quelques mois,
quelques années,
de regarder en arrière,
de repenser à notre nuit sous les étoiles
et d'être fier du chemin que nous aurons parcouru.

J'ai hâte de me dire *Je l'ai fait.*

Malgré les impasses,
malgré les bourrasques,
malgré tout ce qui a décidé
de se mettre en travers de mon chemin.

Malgré les étoiles qui semblaient disparaitre,
malgré les rêves qui peinaient à apparaitre,
malgré les espoirs qui ne voulaient plus l'être.

J'ai hâte de me dire
Je l'ai fait et j'ai eu raison de persévérer.

Je ne sais pas si j'assisterai à la floraison de ton cœur,
mais promets-moi de ne pas m'oublier ce jour-là.

Promets-moi de ne plus faire naufrage avec ta solitude,
promets-moi de ne plus te noyer dans la couleur des autres
et promets-toi de ne plus laisser personne blesser ton cœur.

Les fleurs qui ont poussé ce soir l'ont fait grâce à tes mots,
grâce à nos doutes et nos réponses.

Je te promets que chacune d'elles
aura une mémoire éternelle, *merci.*

Les miennes porteront ton nom.

Tu resteras caché à l'intérieur de mon cœur pour toujours.

Alors, merci pour toi,
pour nous, pour ce moment hors du temps.

Merci d'avoir fait briller les étoiles, cette nuit.

À quel moment deux inconnus ne le sont plus ?

Quand ils s'allongent l'un à côté de l'autre sous un ciel peu étoilé pour parler du monde, je suppose.

Mot de fin

Les Nuits du cœur est un livre qui répond aux questions qui résonnent trop fort certains soirs. Nous espérons qu'il aura apaisé celles qui brisent le vôtre.

Parce que les nuits que l'on traverse sont parfois longues, froides et terrifiantes, mais que certaines sont aussi lumineuses et colorées.

Alors, n'oubliez pas que l'espoir ne quitte jamais entièrement un monde. Que les étoiles ne disparaissent pas réellement et que le ciel finit toujours par s'éclaircir pour les laisser briller.

Les fleurs reviendront,

Léa et Célia.

Ce livre existe grâce au travail de toute une équipe.

Communication : Caroline Babulle, Solveig de Plunkett, Victoire Brulon, Inès Paulin, Adélaïde Yvert.

Coordination administrative : Martine Rivierre.

Studio : Pascaline Bressan, Barbara Cassouto-Lhenry, Joël Renaudat.

Fabrication : Muriel Le Ménez, Céline Ducournau, Bernadette Cristini, Sophia Paroussoglou, Isabelle Goulhot.

Commercial, relation libraires et marketing : Catherine Lauprêtre, Naïma Ruan, Anne-Laure Heugel, Élise Iwasinta, Armand Jammes, Solenn le Meur, Joséphine Saint-Paul, Aurélie Scart.

Cessions de droits : Elisabeth Stempak, Benita Edzard, Lucile Besse, Sonia Guerreiro, Costanza Corri.

Gestion : Sophie Veisseyre.

Services auteurs : Viviane Ouadenni, Jean-François Rechtman, Catherine Reimbold, Anita Sevenant.

Ainsi qu'à toutes les équipes d'Interforum et d'Editis qui participent à la création, la diffusion et la distribution de ce livre.

Canoros Vehit Canentes

Composition et mise en pages
Nord Compo à Villeneuve-d'Ascq

Pour plus d'information :

www.lisez.com

Imprimé sur du papier issu de forêts gérées durablement.

Achevé d'imprimer en février 2025
par Normandie Roto Impression s.a.s.
61250 Lonrai (Orne)
N° éditeur : 68316/01 – N° imprimeur : 2500451
Imprimé en France